中阿典籍互译出版工程
مشروع تبادل الترجمة والنشر بين الصين والدول العربية

鬣狗之旅

رحلة الضباع

[埃及] 苏海尔·穆萨德法 著
杨凤同 译

五洲传播出版社

图书在版编目（CIP）数据

鬣狗之旅 /（埃及）苏海尔·穆萨德法著；杨凤同译.
-- 北京：五洲传播出版社，2021.7
ISBN 978-7-5085-4512-7

Ⅰ. ①鬣… Ⅱ. ①苏… ②杨… Ⅲ. ①长篇小说－埃及－现代 Ⅳ. ① I411.45

中国版本图书馆 CIP 数据核字（2020）第 214920 号

出 版 人：荆孝敏
责任编辑：杨 雪
装帧设计：米 军
内文设计：张国平

鬣狗之旅

作　　者：苏海尔·穆萨德法（埃及）
译　　者：杨凤同
审　　校：薛庆国
出版发行：五洲传播出版社
地　　址：北京市海淀区北三环中路 31 号生产力大楼 B 座 6 层
邮　　编：100088
网　　址：www.cicc.org.cn www.thatsbooks.com
电　　话：010-82005927，010-82007837
印　　刷：天津图文方嘉印刷有限公司
开　　本：710×1000　1/16
印　　张：14.5
字　　数：220 千字
印　　次：2021 年 8 月第 1 版第 1 次印刷
书　　号：ISBN 978-7-5085-4512-7
定　　价：42.00 元

写作的胜利（代序）

《鬣狗之旅》是苏海尔·穆萨德法博士的全新力作，于2013年由埃及最高文化委员会出版。苏海尔·穆萨德法博士借鉴了多种写作手法，致力于挣脱父权禁锢、冲破极端大男子主义的藩篱、摆脱男性的锋芒，从而获取女性的胜利。

这部作品本是要强调性别观念，但是苏海尔·穆萨德法博士不落窠臼，将小说与历史事件编织在一起，在富含智慧的叙事中，用大量篇幅塑造了女主人公娜莉敏的形象。娜莉敏将写作的愿望诉诸笔端，向我们展现了一段充斥着活埋女婴、镇压、暗杀和驱逐事件的历史，所有这些或许都是男权思想煽动的结果。这段历史或许要追溯到一千四百年前，直至哈里发时代开启三十年之后。作家将当今现实与历史上的战争事件联系起来，认为当今社会现状受到呼吁改革、指引正路和圣战等主张的影响，是历史发展的某个必然结果。小说中的女人为治愈灵魂，在沙漠深处展开了一场鬣狗之旅，当她预见灾难即将来袭，便去努力抵御祸患。对于她在旅途中的种种经历，人们应当引以为鉴，她忠告说："你们不要制造各种借口来逃避耕地，去练习击剑、骑马和骑骆驼，去参加你们所谓的战争、入侵和圣战",然而无论在哪个时代,都没有人理会她正义的呼吁。

作家有意在小说中增添一些现代元素,而没有采用单一的典型叙述框架。自从易卜生在其代表作《玩偶之家》中塑造了女主人公娜拉的形象,以女主人公关上家门,永远离开作为最终结局,此后,男人对女人的压制与反叛,就成为司空见惯、老生常谈的话题。事实上,苏海尔·穆萨德法博士致力于推翻一切固有模式,打破原有的文化结构,重新构建同作品主旨相契合的崭新文本结构,由此超越了作家所处的当今时代和对这一时代的幻想,塑造出一个与现实相关联且相类似的时代。小说中塑造的时代近乎是若干时代的集合,当今与过去交错其间,同时,想象与历史相互交织。而后者,即历史事件的描绘,是依据史料编纂(如历史上的"泽尔卡·叶麦玛"以传报讯息为己任,小说中的"萨巫黛"便是"泽尔卡·叶麦玛"这一人物形象的艺术发展形式)或引据史实而来。作家依据史料来构建与现实文本相平行的另一文本,即采用所谓的"书中书"写作手法,在作品中形成两条叙事线索[①]。其中,第一条线索影射现实,以男主人公贾玛勒·易卜拉欣为主线,揭露出社会的腐败和良知的缺失。贾玛勒·易卜拉欣是一名默默无闻的新闻工作者,在"安达卢西亚"报社从事校对工作,他写出的文章却无人问津。贾玛勒生活在数字技术时代,思想上却属于激进主义时代,全文叙述都围绕他展开。这条线索的另一主线是贾玛勒的妻子娜莉敏,她看似是一个被驯服已久的人物形象,继而反叛起来,于是,丈夫开始重新探寻妻子,

---

[①] 译者注:书评作者所指两条线索,应该是指现实生活与虚构故事,此段文字只提到第一条线索。

尽管他一度认为妻子只属于自己，深信妻子迷恋自己是因为他的床上功夫，甚至想象当同妻子发生关系时，他就是神灵，妻子在"央求神灵不要停止赐予她恩惠"。当无意间发现妻子写下的碎纸片时，他满心疑惑，几乎要疯掉了。这对夫妻最终以离婚收场，在小说的结尾，丈夫本想等着看妻子离开伊甸园后开始泪水滂沱，不料他却发现"自己才是那个嚎啕大哭了很久的人，我此生从没有哭成过这样"。丈夫对妻子的各种新发现，陆续贯穿在整篇叙述中。他发现妻子不再是曾和他在一起时的那个娜莉敏，发现自己已经失去了她。是的，她揭去了面纱，穿上了牛仔服，用大发夹把头发高高盘起，然而却"只会激起你对这身体主人的尊重"。丈夫还发现妻子擅长在电脑上写作，此外还发现了诸多其他秘密，本以为这些事情对她来说都遥不可及。

从夫妻间的棘手关系看，小说的情节很简单：丈夫对妻子施加各种限制，从强制她戴上面纱，到对她产生怀疑，小说中弥漫着丈夫对妻子进行侦查和镇压的气氛。贾玛勒清楚妻子同他母亲关系冷淡，却仍将她送到母亲家，利用妻子不在家的时机，好在家里搜查妻子的罪证。但是他失败了，妻子知晓他所做的一切，于是丈夫改变策略，转而利用摄像头来追踪她，捕获到妻子专心致志写作的一幕。由此处的冲突，我们转而发现了妻子的手稿，即等于是"书中书"，妻子在手稿中将历史事件与自己夭折于丈夫手中的个人愿望融合在一起，回顾了相关史实，以及男权主义对女性、乃至整个民族的致痛史，从《历代先知与帝王史》《麦格里齐历史》等史籍中引用部分史料，通过诸多与现实生活平行却又相矛盾的历史，对现实生活给予了有力鞭挞。在历史长河中，尽管古籍中宣扬对女性包容的思想，倡导对女性接纳，肯定女性发挥的重要作用，然而事实上，女性不但没有被公平对待，反而屡遭压迫伤害。妻子娜莉敏还在手稿中树立一个模范，即埃及科普特王朝泽巴的女儿"达鲁凯"，描述她为保护自己的王国而抵御外敌入侵的壮举。

作家从伊历34年的骆驼战役事件①中获得灵感，通过"罗马人的女儿萨巫黛"讲述的一个与历史事件相平行的虚幻故事，将叙事回溯到一千四百年前。当时，战争席卷了一切，哈里发帝国分崩离析，很多人纷纷逃离战争，如艾比·祖尔和赛义德·本·阿比·瓦卡斯，他们中一人选择隐居，另一人逃到沙漠中避难。故事中的"罗马人的女儿萨巫黛"是一名女奴，被奔赴战争的爱人所遗弃。最后，她发现自己的爱人奔赴战争，"他此行的目的，无非是敛获战利品、霸占庄园和俘获女奴，更令人不可思议的是，没有一个人试图阻止他"。为了找到他，萨巫黛开始在沙漠中徘徊游荡。当她孤单影只身处沙漠时，有一则预言降示在她身上，警告穆斯林们如果继续相互杀戮，便会遭遇灭顶之灾，并叮嘱她"你应该赶快告诉穆斯林们：这个民族的一个教长一旦被杀害，此后便会爆发无休无止的杀戮和战争。这个民族黑白颠倒，那个教长死后，人们分帮结派，是非不分。民众乱作一团、混乱无序。"获示这则预言后，萨巫黛决定追随爱人前往库法，要将听到的讯息告诉他。同时，萨巫黛被另一个灵魂附体，对伤害具有了免疫力，并且

---

① 译者注：即伊斯兰教第一次大规模内战，又称"骆驼战役"。伊历34年，第三任哈里发奥斯曼被来自埃及的叛乱者谋杀，穆斯林第一次内战随之爆发，许多人都参加进来。内战中取胜的阿里成为第四任哈里发，并把首都从麦地那迁到了伊拉克南部的库法。

能够预见未来。在整个沙漠旅途中，当她拥有巫术的消息传开后，许多女性慕名而来，她们中有人饱受相思之苦，有人因男人的男权主义行为伤了心，或许她可以让她们接近爱人，或者让她们的心上人也爱上自己。同时，她尽力将眼中所预见的一切告诉那些相互交战者，可他们却嘲笑她呼吁和平。后来，她看到他们"像鬣狗一样，在饥饿时彼此吞噬对方"。

萨巫黛的故事原本是外婆对外孙女口述的传说，一代代的外孙女传述给后辈的女人们。在这里，叙述者娜莉敏作为最后一代外孙女，因自己不孕不育而违背了传述约定，便将口述故事转换成书写的文字。于是，我们看到口述故事与书面文字的对比，由此表明，将口述历史或者边缘化历史转化为官方历史，是具有可能性的。这些历史并不是出自男性口耳相传的记忆，而是来自那些与男士持不同视角的深思熟虑的女性头脑。大多数时候，这些女性观点或许比男性更加正确，例如娜莉敏对于萨达姆·侯赛因及其结局的看法，便同其丈夫（贾玛勒）截然相反，贾玛勒坚信萨达姆将战胜美国，最终证实娜莉敏的预判才是正确的。

作家运用了多种写作技巧，无论是将当今时代与距之甚远的古代进行对比，还是将不同人物形象进行对照，例如"贾玛勒和娜莉敏"两个人物形象同历史故事中的人物（即便是虚构的）"欧麦尔·本·欧迪和罗马人的女儿萨巫黛"进行对照。此外，作家还采用了多种语体，如说明语体（在各章节的导言中，用来描述鬣狗特征）、传统语体（用来讲述欧麦尔·本·欧迪和罗马人的女儿萨巫黛的故事，并由此引出骆驼战役事件）、日常生活化的大众语体，用来叙述当前报社中发生的事件、调查报道的秘密、新闻界的种种问题（如对写作一无所知；拼写错误；依赖电话信息来源、得过且过，而不是亲临现场去调查）。作家还用大众语体勾勒出玩世不恭的媒体人哈桑·阿卜杜·萨布尔的形象，更近似于戏剧或电影中刻画出的人物，他利用、玩弄女性关系，其人生结局并没有如"我"想象中那般，被人意外发现其尸体分装在十个黑色垃圾袋中，被均匀地散布在垃圾箱里。此外，这种大众语体还运用在对婚姻和家庭冲突的描写中，如妻子与丈夫的母亲、姐姐拉齐娅之间的关系，尽管她们之间看上去是一派和平景象。这种现实主义语体，尽管没有集中通篇叙述，却足以顺理成章引申出1月25日爆发的事件，正如妻子娜莉敏所言，埃及培育的最优秀的一代人走向街头，抗议示威，而娜莉敏本人也摆脱了丈夫的桎梏，投入到年轻人的游行队伍中。

不同的语体投射到语言上，便形成了多种语言风格，例如传统语体在娜莉敏的手稿（即"书中书——《鬣狗之旅》"）中清晰可见，同用以引据史料的历史书籍语言风格一脉相承；还有用来描写鬣狗特征时的说明语体；以及现实生活语体，采用了在家中和报社里常见的通俗语言，叙述中时常掺杂一些对话，其中一些词汇使用了街头巷尾的日常用语，还不时夹杂一些埃及方言，表述效果仍很清晰流畅，比如"闭嘴"，"妈妈的宝贝啊"，"有谁强迫她们跟我一起回家吗"，"好，我发誓，她是对的"，"娶我吧，我会成为你的仆人"，"请等一下"，"太太，快别这样说"，"安拉啊，我祝他倒霉"，"把这些也拿去吧，这是给你的"。作家还在小说中自如运用一些外来词汇，比如"抹布"，"下贱的太太"，"荡妇"，"贱女人"以及"对生殖器官的称谓"。还有某种特定语体，如同快速播放的录音带，同喘息的时代节奏相契合，体现在青年遭遇交通事故后同朋友的对话中，反映出新一代埃及青年文化，比如我们看到的类似表达："兄弟，你在说什么"，"皮实的人会长寿哩"。

作家在小说各章节的导言中，从《动物书》中援引对鬣狗特征的描写，便是采用说明语体，具有隐喻和象征意义。令人称奇的是，作家将鬣狗特征巧妙分布在现实主义故事（即贾玛勒和娜莉敏之间故事）中每个章节的开篇。两人之间的故事以贾玛勒为第一人称，以内心独白的形式，占用了从开篇至第78页的篇幅，共三个章节。然后作家在三个章节（5、6、7章）之前，穿插一个题目为"鬣狗之旅"的叙述章节，以娜莉敏的口吻进行叙述，占用了从第79页至第168页的篇幅。此外，作家还构思了一个题为"当爱情退却时"的叙述章节，更近似于作家内心的呼声，特别是当作家用第二人称娓娓道来时，我们由此瞥见对小说中"丈夫"形象的某种审视，也由此看到娜莉敏自身的某种心灵放逐。作家通过对丈夫贾玛勒和新闻工作者哈桑·阿卜杜·萨布尔形象的刻画，将他们二人与鬣狗的特征和行为进行对比，揭露出男权主义对待女性的不公方式，这也可在娜莉敏创作的小说中窥见一斑。娜莉敏写作的手稿，可看作是其挣脱丈夫桎梏的一扇窗口，丈夫用面纱将她的面容遮蔽起来，还想要掩藏她的思想，但是她拒绝了。

《鬣狗之旅》这部小说，不仅是女性的胜利，也是长篇口述作品的胜利，它打破陈旧的文化结构，建立一种契合时代精神、紧随时代步伐的新结构，就像投身于革命浪潮的娜莉敏那般，重新俯瞰和接纳埃及。而像贾玛勒那样思想僵化的人们，怪异而突兀地固守在原地，将自己置身事外，只是远远地观察，却从未想过要去参与其中。同时，女性凭借自身能力，用新的知识形态武装头脑，从边缘走向核心角色。她们没有听从他者的劝诫，而是用自己的意识形态，重塑了属于女性的历史。

原载于《阿拉伯圣城报》文化专栏
麦姆杜哈·法拉吉·奈比
2013年10月21日

目录

引　言 / 1

第一章 / 2

第二章 / 24

第三章 / 51

第四章 / 65

第五章 / 169

第六章 / 185

第七章 / 204

后　记 / 217

引 言

它很清楚,自己的叫声与其他动物都不一样,它嚎叫起来更像人类歇斯底里的狂笑。它知道人们非常讨厌它,并且极尽所能地给它取用各种阴性名字吗?人们称它为"乌姆[①]·阿米尔""乌姆·卡什阿姆"或"乌姆·阿姆鲁"。就连它的名称本身,在阿拉伯语中也是一个阴性名词,与其他凶禽猛兽的名称完全不同。它知道自己只对人肉情有独钟吗?它知道自己如果在地面上没有找到人肉,就会到地下去搜寻吗?

[①] 三个名字均为音译,原文在阿拉伯语中均是鬣狗的意思。作为名字一部分的"乌姆"是"……之母"的意思。——译者

第一章

　　大约在一年前,我就决定要将离婚协议书扔向这只渺小的动物。我要嫌恶地抓住她的长发,像扔掉死老鼠一样,把她撵出家门。我慢悠悠地系着领带,目光却无法从床上移开。我凝视着她熟睡的脸庞,那张脸看上去就像天使,或是挂在山顶废弃教堂墙壁上的某个圣徒的画像。自我同她结婚以来,她睡觉时,我从未感觉到她的呼吸,睡着后,她似乎立刻变成了一具美丽的尸体,或是杂志封面上的照片。十年来,每当我突然醒来,或是从噩梦中惊醒,都会发现自己打呼噜的声音很恐怖,所以我一直在克制,不让自己鼾声如雷。有一次我问她,我的鼾声是不是吵到她了,她莞尔一笑——她微笑的时候,下巴中间会露出一个撩人的酒窝,甚至在我让她心烦得笑不出来的时候,她的脸上仍会露出酒窝——然后在我的额头上吻了一下,说(她对自己说出的每一个字都十分笃定):"我爱你的一切,爱你发出的所有声音,还有你没有发出的所有声音。反正我就是爱你。"

　　我一边凝视她的脸庞,一边打着领带,差点把自己勒得喘不过气来。她的眉毛乌黑亮泽,眼睑像是化过妆,赤褐色的脸庞泛着熟睡的红晕，头发像黑色丝线织成的瀑布一般散落在枕头上。她丰满的深红色双唇微张着，仿佛她正倾倒在我的怀抱里，等待我的亲吻。她的脸颊上，映出了鼻子的阴影，我通常喜欢在这腮颊的位置咬上一口。对于一个色情片导演来说，能让这样漂亮的脸蛋出镜，简直再合适不过了，因为他根本无需千方百计去营造激情四射的场景。我关上门，仿佛看见自己把枕头压在她漂亮的脸蛋上，然后享受地看着她两脚乱踢的样子。接着，我又用力把枕头往下压了压，一边心满意足地舔着嘴唇，一边看着她不停地挣扎，然后，一切都永远平静下来。

我终于走下楼梯，满眼看到的，都是她青色的脸和长长伸出的红舌头。我一边回应停车场管理员的问候，一边打电话向主编道歉，我告诉主编，路上堵车，但我马上就到。这时，她那张熟睡中的无辜的脸又猝不及防地出现在我面前。这只虫豸会出卖我吗？这些年来，为了能在五十岁以后生出一个继承自己姓氏的儿子，我一直想要抛弃她，因此我饱受罪恶感的蹂躏，她会揭穿我吗？这些年来，这个不能生育的女人让我相信，她爱我甚至到了崇拜的程度，那么，她的举动背后究竟隐藏着什么？不过，我现在想到的，更多的是她被我遗弃后的命运……比如说，她会自杀吗？她会因为悲伤而罹患癌症死去吗？她会把自己关进某间屋子，直到精神完全错乱吗？

一年来，我一直在努力下决心抛弃她，但是，我在这个女人身上找不到任何借口来实施这个决定。我每天都在编辑新的电影脚本，但在她的平静和无限爱意面前，所有精心设计的场景都坍塌无遗。我从报社回到家，发现家里干净整洁，午餐[①]

[①] 阿拉伯人一般在中午至傍晚期间用午餐，在傍晚至睡前期间用晚餐，如夜晚9点、10点、11点等都有可能。——译者

已经准备好,她优雅至极,像往常一样热切地盼着我回家,眼眸中流露出对我的渴望。于是我扯起她的长发,对她随便责怪了几句,比如说:"我在报社时你为什么要联系我?你不知道我有多忙吗?"于是,她的身体在我面前瘫软下来,含着眼泪嘟囔说:

"你不是说让我和你联系嘛?"

我发现她突然倾倒在我的臂弯里,好让我舔舐她的泪水,用身体把她压碎,而她的长发还被我抓在手里。

现在,我颤抖着双手,用力握住方向盘,仿佛一不小心就会掉进某个壕沟。在我眼前,她那可恶的酒窝不停在汽车挡风玻璃上跳动。因为昨晚一夜没合眼,我的眼皮现在愈发沉重,感觉身体发热,头痛欲裂。我不断打喷嚏、咳嗽,或许是为了不让自己哭出来。救护车从这里经过至少需要半个小时,我停下车,在救护车闪烁的灯光中,重新梳理昨天夜里发生的事……

简单说来,昨晚十一点左右,我特别想吸烟,却找不到我的打火机。不知为什么,我并没有像往常一样把她从睡梦中叫醒,让她去帮我找打火机。她总是知晓每一件事,甚至知道我在哪里隐藏或遗失了重要的私人物品。我走进平日很少进入的厨房,想找火柴,但没有找到,于是我打开煤气,用它的火苗点燃了香烟。正要离开时,我的目光突然落在垃圾桶里,我诧异地盯着垃圾桶看,发现在残余的西葫芦、番茄和甘蓝叶上面,有一些被她用力撕得极小的纸片。于是我熄灭香烟,小心地把纸片收集起来。我试着识读纸片上的单词,却只能认出这只被我收容在家的小动物的字体。我奔向卧室,确认她还在睡觉,便放心地又回到厨房。我仔细剥去沾在纸片上的蔬菜残余,准备好熨斗,把纸片放在熨斗表面,小心翼翼地熨平纸片,然后把它们堆叠压实,放进我的钱包,此后我便完全无法入睡。我在她旁边辗转反侧,心想:这个女人是在给谁写信呢?她为什么要如此谨慎地把纸片撕碎呢?在已经发明了手机、电子邮箱和聊天工具以后,这种给情人写信的模式还在延续吗?于是我开始一小时一小时地数着时间,直到我来到报社。我要看看如何将这些纸片和她的经历联系起来,我要读读看。

易萨姆·辛瓦尼的名字一直在我的手机屏幕上闪烁着,直到我走进他的办公室。他的每周专栏,必须经过我逐字逐词校对检查,并且重新组织好那些结构不完整的句子,更正语法和格式错误,然后才会被送去印刷。或许我还会告诉他一些新的信息,向他重申信息来源的重要性,并据此信息加上一两段文字,他却满不在乎地摇着头说:

"都差不多……你来写吧。"

我把汽车丢给门口的停车场管理员,让他帮我停车,自己则径直奔向易萨姆·辛瓦尼的办公室,一路上一直在和遇到的同事打招呼。他们都知道我在易萨姆·辛瓦尼这里的地位,都来趋附巴结我,同时又在背地里嘲笑我的工作。我的奔忙只是一个缩影,和我一样的还有另外四位同事,包括一位女士,他们撰写了易萨姆·辛瓦尼在四份报纸和一份女性杂志上发表的一半文章,因此,就连那些最初级的读者也注意到了,易萨姆·辛瓦尼文章的风格迥然不同。

我来到易萨姆·辛瓦尼面前,他那张愠怒的脸,表明他厌恶周围所有的人和事,尤其是厌恶他自己。他那双目光尖锐的小眼睛藏在款式难看的眼镜后面,眉毛被散乱的头发遮得几乎看不见了,扁平的鼻子丑得简直让人无法形容,两片薄嘴唇仿佛是还不会画画的小孩子用快要没有墨水的咖啡色彩笔涂出来的。他的两侧腮颊上各有一个黑色的三角形区域,就像不擅长化妆的三流舞蹈演员在脸上涂了腮红一样。这些奇怪的面容都长在微黑的咖啡色皮肤上,上面顶着一个形状不规则的秃头。

感谢安拉,他正在和一个人讲电话,语气听起来很友好,面容却像往常一样,因为愤怒和厌恶皱成了一团。他隔着办公桌向我扔来一张纸,上面写的是他的每周专栏,我从笔筒里拿出一只红色的笔,开始埋头润色文稿。感觉到我的校对快要完成时,他嘲讽地说道:

"赶快整完吧,贾玛勒先生。"

"好的,领导。"

易萨姆·辛瓦尼按下电话键,召唤着掌握了他所有秘密的秘书,用轻蔑的口吻大喊了一句:"你过来!"然后从我手中夺过文章,再次向她喊道:"快点!"随后,他拦住秘书,不耐烦地喊道:"等一下。"他从秘书手中接过文章,快速向秘书和她的臀部瞥了一眼,像往常一样鄙夷地撇着嘴说:

"你没有添加任何内容吧,贾玛勒先生?"

"太好了,领导,没有什么比您的文笔更棒了!"

易萨姆·辛瓦尼一脸不屑地笑着翻看文稿,那种轻蔑同他要支走某个员工时的神情如出一辙,所有下属对此都很清楚。他慢吞吞地重复说:

"谢谢你,贾玛勒。"

我赶快回到办公室,找来透明胶带,把我的文件和一些报纸版面的印刷校样移到一边,开始整理昨晚熨平的小纸片。我仔细研究纸片的正方形、三角形和不规则形状的边缘。我以前很擅长在短短几秒钟内完成任何拼图,于是,我以空前的速度将我妻子撕成的四十三块碎片拼好。我耐着性子，小心翼翼地把纸块从背面粘在一起，然后把纸翻过来，开始读上面的字。这时，哈桑·阿卜杜·萨布尔边说话边走了进来。他那青年人特有的洪亮声音，听起来就像20世纪六十年代在平民住宅楼顶上洗衣服的妇女在扯着嗓子同驴车上的蔬菜商贩喊话一样。他说：

"先生，领导要你去找他，我跟他建议对破坏社会秩序的事件做一下调查，他对我说，让贾玛勒·易卜拉欣和你一起完成吧。"

我把拼贴好的纸张翻过来，放进抽屉，再用钥匙把抽屉锁好，然后和他一起离开。

她窒息的脸庞和长长伸出的红舌头仍然萦绕在我的脑海里，突然，这一切都消失了，现在开始纠缠我的，是她充满魅惑力的酒窝，这酒窝时而浮现在易萨姆·辛瓦尼的脸上，时而浮现在哈桑·阿卜杜勒·萨布尔的脸上，随后又出现在秘书的臀部上，这圆润的臀部似乎是她获得主编秘书这一职位的全部资质。我摸摸自己发烫的额头，仿佛正在经历一场从未有过的高烧。我浑身发抖地听着易萨姆·辛瓦尼尖细的充满讽刺的声音，不断提高的音量，完全暴露出他内心的想法：他希望报社里所有的人，特别是那些造谣生事者都能听到他的话：

"哈桑先生，在这个世界上，贪腐的官员们会给你证据揭露他们的罪行吗？那些害怕坐牢和藐视法庭的人就不应该当记者。这些你明不明白？"

事实上，哈桑·阿卜杜勒·萨布尔会凭借他的一腔热忱，通过他在街头巷尾连续十小时的巡查，加上电话里整整二十四小时的听闻，来完成一份完整的调查。而我的作用通常仅限于对开头做点修改，重新提出一些问题和改动一些标点，然后加上报社方面现成的观点，不管调查结果如何，这种观点都是一成不变的。

事实上，我天生就不适合做新闻工作。我懒惰至极，大脑从未创造出任何新东西。我的感情系统似乎受过某种损伤，我甚至不知道自己在人生中的哪个时期，就已将人们称之为情感的东西放进了永不断电的冰箱。我常常试图通过词汇来表达羞耻、愤怒或爱的感觉，就像我谈及罗密欧与朱丽叶，或者腐败者、荒淫无度者、皮条客，或者那些在濒死一刻仍能对百姓施以惩戒的暴君们，可我对词汇的理解通常只限于单词本身，完全无法体会其中炽烈的灵魂。三年前的一天，易萨姆·辛瓦尼注意到，我在报社走廊里走路的样子变得像一只公鸡，我昂着头，竖起鸡冠，展开后背，还在同事面前撅起臀部匆匆而过。他似乎从同事们口中听说了我如何看不起他，听说了我自负地称自己能够写出他的每周专栏，而他的文章只有经过我修改后才能送去排版。他把我叫到办公室，像往常一样，笑容中带着怨恨，咬牙切齿又虚情假意地说："贾玛勒，你的文风很不错，听说你和我们共事很多年了，还没写过文章，你随便挑选一个题目写篇东西吧，写好后我立即给你发表，刊登在'意见与异见'版面最好的位置上。"

这个建议仿佛是一道提拔的指令，我都不知道自己是如何回到家的。这一天，我简直高兴得找不到北。我对那个有撩人酒窝的女人说："我要进书房写文章了。"就好像我每天都要写文章似的。我警告她不要制造出任何噪音，要她一声不响地把咖啡、茶和干净的烟灰缸拿到我面前，然后像驯服的小猫一样退到远离我的角落里。我难得坐在办公桌前，背后是上百本参考书。我一直梦想这一天的到来，希望写出一个让我日夜思虑的问题。我相信这个问题应该对我国遭受的所有灾难负责，也是让我们沦为落后国家的所有困境的根源所在，这个问题就是教育和阿拉伯语的坍塌。

第二天，我带上这篇整整一千五百字的文章来到报社。我当然知道刊登这篇文章的栏目有多大篇幅，因为我一直给其他作者的文章做审校。可是这一次，在我写作之后，不会有任何人审校我的文章，我当然也不需要校对员。

易萨姆·辛瓦尼并没有读我的文章，对标题也没有发表任何意见或做出丝毫修改。平时，他常常会在修改那些大作家的文章后解释说："阁下，因为这是报纸，所以我把标题改得更吸引眼球，更好卖一些。"这回，他立即在文章上签署了"发表"的字样，并在我的名字——贾玛勒·易卜拉欣——下方写上了"16号字体"，又用黑色水笔写上了我的名字，就像写他自己的名字一样，就这样，我的文章占据了三栏的篇幅，而不是一栏！当同事们纷纷拿来他们从报社分发到的报纸时，我的脸上终于露出胜利者的微笑。我把十份刊有我发表的首篇文章的报纸带回家。那篇文章的题目是《教育与身份认同问题：拯救〈古兰经〉的语言》。这个标题印在报纸上，仿佛是人民议会选举的标语牌，下方是我的名字，看上去就像瓦义利选区的候选人，或是一位可怜的阿拉伯语教师在贫民区街区的墙上张贴提升阿语成绩的广告。

我把九份报纸放在书房专门存放重要文件的柜子里，午饭后，把第十份报纸故作随意地丢给这个有着撩人酒窝的女人，期待看到她读报时流露出的情绪的波动起伏。在读第一段时，她用手拨开一绺头发，我记得很清楚，当她感到百无聊赖和漫不经心时，便会做这个动作。我心想：开头部分对于读者来说通常都需要耐心，因为它既想道出一切，同时又想把重要的内容拖到后面再讲。可是随后她又在专心赶苍蝇，我几乎看见她的目光在扫过我的文字的同时，心里却在想：我的房子就像外资医院的病房一样干净无菌，这只苍蝇是怎么进来的？她双眉紧蹙，再次厌烦地轰走苍蝇。我记得很清楚，在她试图集中注意力听我母亲说话，而这些谈话涉及她不喜欢的话题，特别是关于生孩子的内容时，她便会出现这副表情。阅读这篇文章，她用了二十五分钟，可我清楚，即使慢慢读，读这篇文章的最大时限也不会超过七分钟。我确信，她刚才在发呆走神，费了很大劲儿才把文章读完。她抬起空洞无神的双眼，猛地摇了摇头，吃力地站起来，绕过我们面对面坐着的餐桌旁，来到我面前，吻了吻我的头。我几乎能感受到她在尽力让自己的声音听起来兴高采烈。她喝彩道：

"亲爱的，太棒了！非常非常精彩。祝贺你。"

她的双唇触碰到我的头发时，我能感受到其中流露出的怜悯。我不知道这个只擅长卷包饭的女人从哪里来的这种怜悯之情，今天一上午，我在同事们的喝彩中嗅到的正是这种怜悯，他们机械冰冷地不停重复说："吉米，你给'评论'版面增光添彩了。"

此后，我一直在关注记者联盟、作家协会、开罗工作室、大众文化会议举办的各种研讨会，特别是那些以教育为主题的会议，觉得或许某个发言人会提到我的名字，或者直接或间接地提到我的文章。在一次研讨会上，我不得不举起手，提醒他们我收集了具有重要意义的统计资料，对走出这样的困境提出了忠告建议，并为此付出了巨大努力。我苦恼地补充说："在这个国家里，谁还在阅读，谁还在倾听呢？"那些自以为是的与会者，脸上显露出惊人的同情的表情，以表示对我言论的支持。可是接下来，与会者——他们的数量要多于听众的人数——继续讨论，仿佛我并没有和他们在一起，或是从来没有存在过似的。我的文章像空气一样飘过，好像那些文字不是用我的心血和思想的汗水浇灌而成的。这篇文章中没有任何错误，说起来，里面所有内容都是正确的。那么，要想得到人们的关注，这篇文章还欠缺什么呢？不幸的是，我曾相信很多人已经读过它。我期待人们对文章里的句子评头论足，甚至期待人们攻击我，哪怕是骂我腐败，因为我在报社工作，凭着与主编的关系才发表这篇文章。没想到，我撞上的却是默然的石头，人们读这篇文章，仿佛就是为了瞬间忘掉它，和我那可恶的妻子如出一辙。从这天起，我开始相信自己只是发表了一篇没有害处的空白文档。一连几个月，每当我把易萨姆·辛瓦尼的每周专栏修改好交给他时，他都会骄傲自得地欢呼大喊："贾玛勒，你不想再给我们写一篇好东西了吗？兄弟啊，你真是个大懒汉。"

接下来，他还会用尖细的充满讽刺的声音发出一阵大笑，因为他知道我很清楚"好东西"指的是什么。我无法掩藏自己的震惊，仔细观察他那张愠怒的脸。这个可恶的家伙着实拥有一种能使他成为作家的狂热。只要记者和作家开会，就会提到他写的讽刺性语句或是他在某篇文章中得出的论断。与会者们很快就会根据这些论断编撰出一些笑话来，比如关于那位在好几个部委间调来调去的某部长的笑话，易萨姆·辛瓦尼在他最近的一篇文章中，建议著名的商人政府总理安排那个人担任文化部长，因为此人这几年一直在开罗国际书展的过道上卖书。我不知道那些作家拥有而我所欠缺的实质是什么，我无法抗拒自己阅读那些人的专栏，比如萨拉玛·艾哈迈德·萨拉玛、穆哈迈德·以萨·谢尔卡维、艾哈迈德·白哈杰和贾莱勒·阿米尔，排在他们之前的，自然是艾哈迈德·拉吉布每天撰写的三行字，这就是已经和《一千零一夜》一样名扬遐迩的专栏《词语的一半》。在我看来，他们所写的东西都非常简单，我也同样能写出来，可是当我尝试提笔的时候，纸张上却是一片空白……唉……我多么讨厌那个简单的回答，说"这是天赋"啊！这种写作——毫无疑问——简直是荡妇。女人们总是问，我有像荡妇那样的乳房，圆润的双腿，有能够惩戒男人和让他们倾家荡产的美丽身体，我到底还缺少什么呢？

哈桑·阿卜杜勒·萨布尔在忙着追查进口致癌农药的责任人，从农业部长到最低级别的官员或是植物学专家，他全都寻查了一遍。为了探寻真相，他最终会忙得晕头转向，却也无从获知实情。年轻的梦想家哈桑还没有意识到，罪犯通常比警察更聪明；如果警察成功逮捕了罪犯，罪犯将会失去自由和生命，可是，如果没有抓到罪犯，警察又能损失什么呢？

我将坐在椅子上审校所有作者的文章，一直坐到屁股酸痛。那些文章有的有人阅读，有些却跟我的文章一样，白白挤占着版面。在哈桑完成的调查报道上，我的名字将按照字母顺序排在他的名字前面。这也算是我的幸运。

在报社里，我想找出一些独处的时间，阅读被我供养在家的那个荡妇写的纸片，可是，我连五分钟的时间都没找到，于是，我决定去母亲家。我小心翼翼地把纸片放进黑色文件夹，以免被别人看到，随后，我又把文件夹藏在一叠报纸中，对同事们说，我要去处理一些与调查相关的采访业务。

我登上狭窄陈旧的伊姆巴巴桥。我已经不记得那部电影的名字了，电影里，马哈茂德·米利吉就站在这座桥上，从高高的铁柱上面扔下法蒂娜·哈麦玛①。此刻，我闻到了四十五年前父亲的味道，看到了此前从没在大街上遇到、只在电影里见过的美女们……她们高高竖起的头发上别着亮闪闪的金色发夹，身穿与裙子同色的缎面做衬里的雪纺或蕾丝花边无袖短裙，脚上穿着闪亮的高跟鞋，挎着装饰着闪光片和水晶花边的大手提包，婀娜的细腰上系着带宽大卡扣的腰带。我想起父亲舔着两片厚嘴唇，像白痴一样张嘴大笑的样子。他两眼放光，连槽牙都露了出来。突然他裤子的裆部稍微凸起，赶紧狼狈地找到离自己最近的位置坐下。我时常听到母亲苦恼地对大姨母悄悄说："你看啊，现在真是让我丢脸。"每当我们受邀参加开斋节或是亲戚、邻居的婚礼，或者受邀一起去动物园、吉萨金字塔和拉苏贝尔②避暑胜地游玩时，我都很期待看到这一幕。说起拉苏贝尔避暑胜地，父亲在世时，我们只去过两次。那段时日，我靠猜答案给自己解闷：这一次到底是哪个美女会让我观赏到父亲的丑态？我曾经纳闷母亲为什么会羞愧愤怒地涨红了脸。如果当时我在母亲身旁，她就会把我揽在怀里，握紧我的手或肩膀，忘记了自己在做什么，以至都把我握疼了。她掐我的指印，要过好几天才能消下去。我长大后，才明白父亲当时是怎么回事。从十六岁时，我便开始练习对迷人的美女视而不见，绝不在她们面前展露笑脸，以免让自己变成被女人们嘲讽的笑柄。可是，母亲责备蔑视的目光——就是她指责父亲的那种目光——很快就提醒我，我本人和我父亲一模一样。同漂亮

---

① "马哈茂德·米利吉"和"法蒂娜·哈麦玛"均是20世纪五十至八十年代埃及著名电影明星。——译者
② 位于埃及杜姆亚特省，是地中海岸旁的一个避暑城市。——译者

女孩握手时，我像个真正的白痴似的，不停地用我的手晃动对方的手，有时个别女孩会突然看向某个男人，然后用力捏我的手，迫使它停下来，但大多数女孩都会对我白痴般的行为感到惊讶，和在场的其他人一样，看我兴奋地抓着她们的手，并随着我的手和手臂一起晃动。

我似乎从没有喜欢过我的父亲，幸运的是，他在我七岁时就去世了。事实上，我从未因为自己的这种感情感到内疚。我曾非常努力地试图喜欢上他，然而我做不到。母亲身上有一种令人眩晕的气味，这是混合了"555"牌科隆香水和开斋节饼干的味道。这些饼干是母亲亲自为我们准备的，我和姐姐们拿着放好面饼的铁板来到烤箱旁，像期待年度郊游一样，等待轮到我们烘烤糕点和饼干。这时，一阵我后来再未体验过的、喝醉般的睡意袭来，我把头埋在母亲的胳肢窝下，想闻到那种气味，直到睡着——在十一岁以前，我一直用这个姿势睡觉。我六岁那年，在父亲去世之前的几个月，有一天，我尝试让自己喜欢上父亲，于是我偷来一瓶"555"牌科隆香水，来到他跟前。他正在睡觉，口中发出响亮的呼噜声。我把半瓶香水倒在他的腋下，稍微等了一会，然后凑到他身旁，躺在他的胳膊上睡觉，就像我经常躺在母亲胳膊上睡觉一样。接下来，我闻到一股难以形容的味道，他的气味把我一直钟爱的科隆香水的味道污染了。当我站起身想要溜走时，他突然醒来，暴跳如雷，几乎可以确定我在想什么，于是他把我推倒在地，吼道："我绝对没法在这个家里睡觉了！"

母亲闻声奔出厨房，把我从地上抱起来，尽管她已经抱不动我了。我把头埋在她丰满的胸脯里，哭了很久，她在给我擦眼泪时，我嗅闻着她腋下的味道，想搞清楚这香水里有什么秘密，让父亲和母亲有着天壤之别！

在父亲的葬礼上，一个远房亲戚亲吻过母亲，恸哭着说道："他是英年早逝啊！"我一直在观察母亲，发现她面无表情。最后一个吊唁者离开后，她无意间深深地叹了一口气，我永远记得这声放松的叹息和那令人费解的眼神，那眼神里并不全是难过、自怜或是困窘——因为死者留下了两个女儿、一个儿子，还有一贫如洗的家境以及或许会长久伴随她的孤独。我把这眼神和我们曾经暗中交流的诸多眼神一样记在心间，作为我们对逝者的又一份牵怀。

现在我都没想明白，母亲是如何应对自己的身体需求的。她丧夫时还是个不到三十岁的少妇，而被我供养在家的那个荡妇，都已经四十六岁了，每晚却只想着如何把我诱骗到床上。我以前不是看到书上说过，女人的好时候，到四十岁就结束了吗？为什么这个娜莉敏日渐圆润，却更显妩媚？她的大腿光滑而全无松弛，挺立的双乳能给整个房间带去生机，除了头上最多有五根白头发以外，我在她身上看不到任何衰老的迹象。

我记得母亲曾经美丽苗条，身上带有一种她特有的好闻的味道。她在家里从中午一直忙到夜晚——中午以前，她会到珍珠树小学教孩子们体操。中午回家后，她要争分夺秒地给儿子和两个女儿做饭，还要拂去家具上的灰尘，与蟑螂、老鼠或者蚂蚁、臭虫搏斗，洗涮那些整日洗不完的堆成小山般的锅碗瓢盆。为了获取一点微利，还要跟妇女们发生口角，为众筹的互助基金在过节、孩子入学和斋月等事项上如何开销而与她们斤斤计较。有时因为熊孩子打了我或者小流氓调戏我的两个姐姐，还要为我们出头。她每时每刻都在忙碌，没有别的梦想，只想有时间能睡个好觉。

我来到伊姆巴巴区。团结路上水泄不通，汽车走走停停。我想在阿里理发店门前找个停车位，但没有找到，便费了好大力气把占据路面的大石头挪开，把车停了下来。在停车地点对面，理发师阿里发誓说今天一定要给我理发，我却有些为难。我在胡同里闲逛了一会儿，才来到母亲家。我的房间还是老样子，母亲很喜欢让事物保持原样，但不喜欢我按门铃。我自七岁起就把家门钥匙挂在脖子上，现在，我用这把钥匙打开了房门。但愿她不会和我聊起那些话题，比如说打听娜莉敏的长短，要我生个孩子，或是告诉我安拉允许我在必要时再娶一房，而安拉所指的必要时就是我目前的这种情况，等等。此刻，母亲正沉浸在礼拜中，我在等她做完礼拜。电视里正在播放《爱的彼岸》，莱拉·穆拉德[1]在电影中唱道："远行的人啊，你把我忘记，我需要你，我真的需要你。"她的声音把我带向遐想的汪洋，我惊讶地凝视着侯赛因·萨德奇[2]肥胖的脸庞。是什么让一个拥有天籁之音的女人被一个那样的男人遗弃？我发现母亲笑着出现在我面前，虽然她的几颗槽牙已经脱落了，却仍然笑得很可爱。她总是试图用一些小动作或一些话语来掩饰自己的欢喜。我拥抱了母亲，亲吻她的双手和两颊，重复说着那句让她害羞得像个十六岁小姑娘的话："好一个美人啊！"她扬了扬手，然后把手伸进水果袋里。

"儿子啊，我和你说过多少次了，你不会买水果，他们总是骗你。"

"我的美女啊，我应该给你带点什么呢？你这么好，可是你

---

[1] 莱拉·穆拉德（1918—1995），原名 Liliane Zaki Murad Mordechai，莱拉·穆拉德是她的艺名。出生于开罗，埃及著名演员和歌唱家，曾于1950年出演《爱的彼岸》。——译者
[2] 埃及知名电影演员。——译者

有糖尿病，不能吃甜食。然后呢，妈妈，那些水果商贩每个月都在等待像我一样的人来，好让他们赚钱。把那些不好的水果扔掉，挑那些好的吃吧，我的甜心美女。"

"我的儿子，好了，不要再说了。你的妻子怎么样了？"

毫无疑问，我的脸色很难看。我心里想：不，一定不要在这个倒霉的日子谈论这件事，我是不会允许母亲把我拉向任何有关她的话题的。

"哈婕①啊，您听我说，我想要睡上一个小时，我想吃你亲手做的美食，我真的太累太饿了。"

我非常讨厌喊母亲"哈婕"。因为姐姐在海湾国家工作多年，所以教会了我们用这个词。母亲知道，我只有在处境艰难时才会称呼她"哈婕"。我对母亲的回应印象深刻，她的回答几乎半个世纪都不曾变过，她会说："我亲爱的，我的儿子啊！"

我知道她会奔到厨房，从冰箱里拿出所有东西，绞尽脑汁地想把我喜欢吃的食物都一股脑地做出来，仿佛我是最后一次在她家吃饭似的。

为什么我一再拖延、迟迟不去阅读她的纸片呢？我本可以把车停在某个安静的地方读起来，我已经恐惧到了这种程度吗？我在害怕什么呢？害怕她的文字是写给某个情人的？害怕她写下的是灰心失望的日记，就像女人们写的那些关于男人的看法，还有她们饥渴的无休止的身体欲望，以及她们从那些无情无义、披着人皮的狼那里遭遇的虐待欺侮？我害怕什么呢？是害怕她那具光滑的肉体吗？她的心理状态，取决于我的双手对她身体的抚摸，或是被我遗弃。她发青的脸庞和嘴里伸出的

---

① 原指去过麦加朝觐的女性，通常也用来称呼年岁较长的女性。——译者

长长的红舌头再次浮现在我眼前。那张嘴现在已经让我恶心。我躺在自己原先的床上辗转反侧，就像在单身汉的日子里想做坏事时那样，比如吸一根烟，或一边盯着大众明星小腿的曲线一边自慰。我在等待着，等待那难听嘶哑的声音结束晡礼的祷告。那幢高楼的看门人埃沃德大叔看起来仍然健在——读中学时我们悄悄溜进这座高楼，只是为了乘电梯，对当时的我们而言，这就像郊游一样。埃沃德大叔的人生目标，就是要在宣礼开始之前抓住麦克风，然后一直反复诵读《曙光》章，这似乎是他唯一能够牢记于心的《古兰经》章节，随后再用他难听的嗓音高声宣礼。有一次，高楼的业主和邻居们把麦克风放在《古兰经》宣讲台上，不想让他宣礼，由此他发作了第一次心脏病。他既不了解先知的故事，也不知晓穆罕默德门弟子[①]的历史，只知道安拉使者的宣礼员比拉勒的故事，但无论人们如何在他面前凭《古兰经》起誓，他绝不相信自己的声音不像比拉勒那样好听，也不承认自己的声音像驴叫。最终，一切都平静下来，我听到厨房里炖锅叮当作响的声音，确信母亲正在专心做饭，两个小时内不会做完。于是，我把拼贴过的纸片摊开在眼前：

我在沙丘深处刨出一块岩石，早上的大部分时间里，我都在步履蹒跚地寻找这样一个地方。我刚挖出一个足够埋藏排泄物的沙坑，就听到远处传来母驴的叫声。我再也憋不住了，便脱下斗篷，把屁股露出来，对准刚挖好的坑。我的耳边只听到风的咆哮声，

[①] 早期跟随先知穆罕默德的伙伴，亦称"撒哈比"（音译）。——译者

于是我深吸一口气，刚开始放屁，就感到一只铁拳把我的头按进沙子里。为了不在沙粒中窒息死去，我奋力挣扎，竭力想把脸贴在地面上。我苦苦央求这个男人——他用一只手把我的屁股像母狗一样抬高，同时另一只手按住我的头，重新把它埋进沙子里——不要把他的东西塞进我的屁股里，不要让我胀破内脏。我的恳求似乎起了反作用，他硕大的东西一下子闯入我的屁股，顶端敲打着我的五脏六腑，我昨天还没消化掉的青草残渣都涌了上来，塞了满嘴。于是，每当他推撞我时，我都会呕吐，而他一直在用同一个节奏推撞我的五脏六腑。当嘴里只剩下干呕的黄水时，我感觉脊柱上有一把烧热的铁剑。这时，他的手掌松开了我的屁股，我的鼻子里充斥着他在空气中散发的气味。我把脸转过去，没有偷看他的脸。无论如何，我只是个私逃出来的女奴，我知道，自从离开布尼·杰哈什的家，对于所有男人来说，我已经人尽可侵了。我的屁股还裸露在外面，试图把刚才的大便便完。五脏六腑的疼痛折磨着我，我把呕吐物埋进沙子里，以此来转移注意力。我的双手快速行动，一刻不停，直到我把自己经过此地的所有证据都埋藏起来。母驴的叫声逐渐远去，同它一起消失的，还有那个男人的气味。我努力去追溯那气味的来源，其中有带山羊皮的芥子粒和酸腐的肉汤泡饼的味道，还有刚从罗马人的帐篷里走出来的不爱洗澡的男人留下的特有的味道。我知道自己如果能够熬得住不吃不喝，远离布尼·阿兹姆的帐篷，继续在沙漠腹地行走的话，终将在日以继夜的旅途之后，抵达布尼·马泽里①。

我无法相信，在长达两个半小时的时间里，我一直在翕动嘴唇，反复阅读这页被我拼贴过的纸片。我是那种阅读时要读出声音的人，不像这个贱女人，用眼睛默读就可以了。对于这份草稿，我不知自己读了多少遍。当我读完时，可能我已经读了一千遍，然后我还嘟囔了一千遍：这是什么意思？这个贱女人用笔写出来的都是些什么？这是她从哪本书里抄来的？这是为什么？这时，母亲站在门槛上对我说：

"你没有对你老婆说你在我这儿吗？她打电话来问你呢。快来吧，亲爱的，饭准备好了。你看起来好像睡眠不好。"

我在母亲身后重复着自我小时候起她就经常念叨的那句话："有两种人睡不着觉……害怕的人和饥饿的人。"我心里想："妈妈，这两种状况，我都符合。"

我对娜莉敏打电话来感到很吃惊，似乎我今天早上真的把她闷死了一样，但是我没有把这种惊讶表现出来。我就像一个刚同阿兹拉伊勒②谈过话，被告知快要死去的男人一样，平静地把她的手稿折叠好，放在我的衣兜里。我蹭到电话前，把听筒放回到电话机上。我走向餐桌，电话铃声又响了起来，我知道她以为是电话断了，或是我母亲挂错了电话，所以又打了过来，但是她永远想不到，是我挂断了电话。我坐在餐桌前，拦住母亲，毫不犹豫地对她说："妈妈，你不用接电话，是娜莉敏打来的，我不想和她说话，快来和我一起吃饭吧。"

坐在葡萄叶包饭面前，闻着锦葵、红烧肉和蔬菜沙拉的香

---

① 埃及明亚省的一个地区名。——译者
② 希伯来和伊斯兰传说中的死神。——译者

味——我还没发现谁能有母亲这么好的手艺——我却伸不出手来。这里充溢着那只虫豸今天在我周围散发的香气。我毫不掩饰地摆弄着盘子里的汤匙,一边闻着让我有食欲的另一种香味,一边试图集中注意力听母亲说话。母亲说到娜莉敏时,我觉得男人们只是系着领带的傀儡,好让女人们牵着领带把玩。我甚至不喜欢她的名字,我发现自己总是会在"娜莉"和"敏"中间停顿一下,那个拖长的傲慢的重音"莉"总是打断我说出完整的名字,每当说到"莉"时,我都无法轻易忽略它,因此我都称她为"莉莉"。

母亲会说:"儿子啊,你不能让我们家没人传宗接代。我希望在死前能看到你的儿子,你姐姐的孩子们都快上大学了。"

五年前的一天,母亲跟娜莉敏说,我想要一个孩子,我只会娶一个完全尊重自己母亲的女人,就像传说中的哈吉尔、萨拉和先知易卜拉欣的故事一样。娜莉敏对我嘲讽地苦笑了一下,仿佛有所预料似的。她平静地答道:

"无论如何,你不是我们的易卜拉欣先知,我也不是萨拉①。在这个世界上,任何一个女人都不会像哈吉尔一样。说到底,任何两个人都不可能一样。这种话是在欺负我,我无法忍受。"说着,她把秀发往后一拨,带着受害者常见的那种尊严,冷冷而骄傲地威胁我说:"如果有一天你遇到了哪个哈吉尔,并

---

① 根据三大一神教传说,萨拉是易卜拉欣圣人的第一位妻子,哈吉尔是她的女佣。易卜拉欣同妻子萨拉及女佣人哈吉尔一起赶着驼群,带着钱财来到巴勒斯坦。易卜拉欣的妻子萨拉患有不育之症。丈夫总盼望她能生男育女,而她却无法实现他的愿望,心情十分痛苦。于是她劝丈夫娶忠实的女佣哈吉尔为妻,愿她生男育女,使全家摆脱膝下无儿之苦。易卜拉欣接受了妻子的忠告。后来,哈吉尔生了个男孩,取名易司马仪。——译者

且决定娶她,这当然是你的权利,如果是那样,你就先把我休了吧。"

"儿子啊,你已经对得起安拉了。这个女人趾高气扬,既然她不想让你纳妾,那就托靠安拉把她休了吧。"

我几乎是狼吞虎咽地吞下一块滚烫的肉,还烫到了上颚,又囫囵吞下了两块葡萄叶包饭和一汤匙沙拉,还在听着母亲怪我没动其他的饭菜。我喝了咖啡,吸了好几根烟,又来到阿里理发店理发。我的大脑只在思考一个问题:她写的这些东西是什么呢?我闭上双眼,眼里只有这张已经被我牢记在心的手稿。她很喜欢把我刮过脸的头放在她的双乳间,久久地抚摸我刚剪短的头发,现在,我要怎样对待娜莉敏呢?阿里剪去我耳旁的长头发,还一直在我耳边念叨着儿时玩伴的消息,谁离开了,谁回来了,谁娶了老婆,谁生了孩子。

这只虫豸是在我不在家的时候抄写了这些文字,然后再撕掉的吗?这些文字,是不是从我费了好大劲才收藏的阿拉伯散文古籍里抄来的?那些古籍里不乏污言秽语,被阿拉伯的各个图书馆视为禁书。不然的话,这个贱女人是从哪儿想出来这些话来的呢?我迟迟不愿回家,也不愿同她见面,设想出各种可能发生和不可能发生的情况,但是我绝对没想到,她本人就是这些文字的作者。这些胡言乱语般的文字都是她写的。

* * *

它绝不会想先杀死猎物,再开始噬咬它。如果吃一顿饭要用很长时间,那又怎么样呢?它的牙齿能咬碎其他所有动物无法磨碎的一切,比如兽蹄、头盖骨和兽皮。看着自己的身体被咬在它的牙齿中间,同时听见它歇斯底里的大笑,猎物们会有什么感受呢?

第二章

　　战争街上有一幢建于 20 世纪三十年代的维多利亚式建筑，其中有整整两层楼是安达卢西亚报社的办公地点。一层大厅有一面年代久远的大镜子，镜框由檀香木雕制而成，上面镶嵌的图案是孩童的面孔，这些孩童小脸绯红，额头上覆盖着几绺波浪式的短发。这面镜子已经在这里矗立了几十年，上面附着了不少尘土。从镜子面前经过的人，很容易由这些孩童联想起有血有肉的人类，也很容易凝视起这些孩童空灵双眼中闪动的光泽，随之产生一种强烈的感觉，仿佛几十年来，路过此地的成百上千人的灵魂都在观察审视着自己，于是想要撇开这种感觉，惊逃而走。从镜前走过，登上六级白色大理石台阶，便会来到一部陈旧的电梯前。电梯上方狭窄的空白处，有几个用拙劣的字迹写的字："限乘四人"。途经这里的人会闻到来自辽远时空的人类的气息，或许还会侧耳细听，似乎有人在对他说一种不知是什么语言的外国话，接下来，就像刚开始突然发出声音一样，这声音又突然消失了。

　　我已经接连第二个晚上无法入眠了。我凝视着电梯里的镜子，看到自己双眼通红，沉重的眼睑完全红肿。我特别想把肩膀上那只脏兮兮的无形的手拨回到它未知的原处。我抑制住这个想法，开始考虑如果同事们询问"你怎么了"，我要如何回答。

　　事实上，在读过她的手稿之后，我和娜莉敏已经见过了一次面，见面的过程很平静，出乎我的意料。她试着给我拨打了六十次手机，发现联系不上我，之后便开始忧心忡忡，这让她看上去一下子老了十岁。我坚定了自己的想法：她没有资格同我见面。于是，我告诉她，我很担心母亲的身体。我的语气让她觉得自己在关心和看望母亲这方面做得有欠缺，便埋怨我，说她曾说过想要和我一起去看望母亲。我冷冷地回答说："任何时候都没有人拦着你。"她羞涩地嘟囔说，她明天一大早就去看望母亲。我满意地点了点头，因为我一直相信，只有女人才能战胜女人，我一直梦想着全世界的男人们联合起来，留下女人们互相撕扯头发，彼此撕咬皮肉。她们当中最后留下来的人，足以满足世界上所有男人的需要，因为女人的数量实在是太多了。

　　我洗澡时全程都在思考这个女人手写的那些内容。几小时前我还在厌恶她，现在却开始对她感到好奇。我在冰冷的淋浴下站了很久，心想：当一个男人把女人柔软的屁股压在身下，从她屁股里进去，而女人在拼命尖叫、呼喊求助时，这个男人究竟是什么感觉呢？这样粗鄙的场景，这只虫豸是从哪本书里誊抄来的？这页拼贴过的纸片上的内容，看起来确实像是从某本古书中誊抄而来的，在我看来，要我去研究数十本可能会含有类似言语的参考书，简直困难至极。我认为原稿不可能是我读过不止一次的《一千零一夜》，也不可能是艾布·法拉吉·伊斯法哈尼的《诗歌集成》，或是伊本·卡希尔·库布里的《等级阶层》，或伊本·哈兹姆《鹁鸽项圈》，或贾希兹的《动物》。它一定是那些乏味的传统书籍，比如那本可怜的《贵族之死》，里面只写了谁哪年去世，谁不是死于麻风病，而是死于偏瘫；也可能是那本《返老还童》。既然无法获知答案，我最终选择把她手稿的扫描页拿到易萨姆·辛瓦尼面前，佯称这是我在办公室的垃圾桶里发现的。事实上，我把它折出了很多皱痕，就像是从垃圾桶里拿过来的一样。易萨姆·辛瓦尼的双眼扫过这张纸，笑容渐开，赞许有加地舔着嘴唇，一口气在几秒钟的时间内默声扫过上面的所有文字，然后开始仔细阅读起来，就像被我供养在家里的那个女人用眼睛默读一样。他像是在聆听乌姆·库勒苏姆①朗读长诗《这是我的夜晚》，一边还在说：

"天啊……天啊！"

我觉得他真是低级趣味，说道：

"教授，您觉得这是从哪本书抄来的呢？"

"贾玛勒啊，真的，它誊抄的这本书我还没有读过。事实上，我真希望能读一下。当然了，这些文字的作者不可能是你，也不可能是我们任何一个同事，我十分了解你们的能力，或许……"

"不，教授，这是从某本古书上抄来的，我是说从那些传统书籍上，有可能是《返老还童》。"

"不，不是的。不是从任何地方抄来的。贾玛勒啊，说不定你是从快递中拿到它的，然后你把它丢进了垃圾桶。它看上去像是某个作家的一页小说手稿。"他沉思着继续说："这些字迹非常新，墨水还没有干呢。"

---

① 乌姆·库勒苏姆（1904—1975），埃及女歌手，音乐家和演员，是阿拉伯世界最知名的歌手之一。——译者

我试图压制住内心的愤怒,大喊道:

"教授,您是指某个女作家?"

他用尖细的声音大声说:"贾玛勒啊,这可说不准,你难道没有听过福楼拜的呐喊吗?他说'我就是包法利夫人'。当然,有些书是讲大文豪如何用女性口吻写作的,你肯定读过很多这方面的内容。"

然后他扬起手中的手稿,远远地端详起来:"此外呢,这是一份非常优秀的手稿,我在报社里至今还没看到谁能写出这么优秀的文章。我敢肯定,这个作者需要出版这部小说,他真是个天才……"他嘲讽地笑了一下,继续说道:"他对这篇文章很不满意,觉得它很粗俗,不易理解,就直接把它删掉了。"

事实上,她的字迹像画出来的一样,类似于阿拉伯小楷,但是清晰地加注了标点。我感觉自己仿佛被易萨姆·辛瓦尼用一满桶碎冰碴扇了一记耳光。我怎么没有想到,哪怕有一丁点儿的闪念,她可能就是这些文字的作者呢?她不是文学院毕业的吗?我不是碰见过她在如痴如醉地用古英语给人朗诵莎士比亚的诗句吗?她不是获得了学士学位吗?在同我恋爱之前,她还曾计划在大学里做助教,然后准备读硕士再读博士,是我阻止了她的这些想法。但是我忘了,我曾给她提供过几捆书籍和参考资料。在这个安静的家里,我只是回来吃饭和睡觉,几乎从没碰过这些书。当然,我还给她提供了充裕的时间,这个贱女人便用这些时间来沉思自己病态的幻想。

我被易萨姆·辛瓦尼的声音惊醒:

"贾玛勒啊,如果你还需要它,请复印一份给我吧。"

"不,领导,我不需要了。"

教授啊,我的手上有原稿。原稿就在我手上,手写这些文字的人就在我家里。我几乎要哭出来了,像唱歌一样在心里反复念着这句话。

我跳上电梯准备下楼。我站在一层大厅的问讯处前,等着取我的快递包裹,那里面,会有更多没有读过的书和更多的读者来信。我看着入口处的电视监控屏幕打发时间。在屏幕里,我的鼻子更长更尖了,双眼的眼球更加突出,还能看到很多白头发。我愤怒地紧闭双唇。那个女人不是在我身子下面吗?她不是躺在我身下,伸展开四肢,像枕头一样让我揉碎,用拳头打,扇打她的大腿,啃咬她的嘴唇、两颊和鼻子,然后她戴上面纱遮住我的这些印记吗?这个荡妇不是主动躺到我脚下,好让我像踩踏地毯一样践踏她吗?她会写作?我的生命就这样在这个不能生育的女人身边流逝,可她却一直在写作?我正在观察自己眼中的红血丝,这时,傻大个儿哈桑·阿卜杜勒·萨布尔的手掌落在我肩上,把我拍得一哆嗦。这个白痴说话时总是喜欢用手比划,他高声说:"同事啊,这真是个糟糕的团队,我们正在草垛里寻找一根针,然后呢,那些龌龊肮脏的人,他们的办公室里安装着按摩浴缸。兄弟啊,类似的事情就像是《一千零一夜》的故事。"我好不容易摆脱了他,目光呆滞地凝视着印在每期《安达卢西亚》杂志扉页上的刊首语:"致力于创制的自由;致力于适用于一切时空的伊斯兰。"

既然这个女人还在我母亲那儿,我就应该飞奔回家。我应该在这短短的几小时内,搜查家里的每一个角落,找出那只动物背着我藏匿的所有东西。我打电话联系她,好知道她的确切位置,电话里传出她欣喜的声音:"亲爱的,我很快就到妈妈家了。"我咬牙切齿地对她说:"好的,很好。你待在那儿,等我忙完工作吧。你和妈妈一起准备午餐吧,我过去和你们一起吃饭，然后接你回家。"听到她说"亲爱的"这个词，或是与之相关的字眼时，我就全身发抖，仿佛看到一只大蟑螂在房间里飞来飞去。她说话时的轻松和自信，激起了我的愤怒，我几乎想要用粗短的棍棒打碎她的头骨。那个圆形的电视监控屏幕总是会丑化近处的事物和面孔，我对着屏幕里自己那张愠怒的、因恐惧而扭曲的脸苦笑了一下，然后强迫自己离开了。

我把厨房逐一搜查了一遍，包括里面的冰箱、大玻璃水瓶和炊具，还检查了床尾凳下面、衣橱、阳台，还有罗勒、玫瑰和常春藤花盆的下面和后部。在这只动物的照料下，常春藤爬满了公寓正面的半面外墙，它们的存在招来了更多的蚂蚁。我打开装有她的内衣和我的衣服的抽屉，检查了家里所有可以上锁的地方，所有可以让她藏匿手稿的地方。我打开办公桌的抽屉，仔细研究里面的每一张稿纸。她这个人井井有条，干净整洁，而且受过良好教育，搜查她的物件是特别容易的。和我母亲正相反，娜莉敏讨厌破旧的家具，她把家具打理得几乎可以彼此反射出影像来，就像镜子一样。我注意到几卷80克绘画纸的数量明显减少了。相比报社里数量充足的碎纸头，我更喜欢在这种绘画纸上写字。我还会再写吗？我在垃圾桶里发现的就是这种纸，它已经被那贱女人用她荒淫的文字给玷污了。不用说，我笔筒里所有的黑色圆珠笔也快用光了，这只蠕虫写了很多字，可是她到底把自己写的东西藏在哪儿了？她不可能把手稿藏在别的地方，因为她既不喜欢去亲戚家，通常也不喜欢走出家门。她有时去看望我母亲，这只是为了取悦我，我知道她不喜欢我母亲。事实上，她从不喜欢和别人坐在一起聊天，也不喜欢任何人来拜访她。我以前怎么没有注意到她只喜欢我、只喜欢自己独处呢？我以前怎么没有想过，我丢下她，自己来到报社和咖啡馆享受生活的时间里，她在做什么呢？我回到家，时常会发现她在用吸油烟机和空气清新剂来摆脱烹饪煎炸的气味。在我的印象中，她做家务的时间总是不够用。

我用座机接了两次电话，电话另一端每次都没有回应，不知是谁打来的。我把显示屏上的电话号码抄在了我的备忘录里。看起来，这个电话像是从伦敦打来的。伦敦！这就是说，她并没有遵从我的命令，同她的女朋友伊曼断绝联系。那个放荡的女人放弃所有埃及男人，嫁给了一个英国人，就为了能在大庭广众之下坐在他的腿上、能在地铁的自动扶梯上同他接吻。我绝望地摇了摇头，快要发疯了。我经常查看这部座机的通话记录，上面只有我熟悉的电话号码，那些号码来自我的母亲，我的两个姐姐，我们熟识的朋友，或是我的报社同事。有一次，我看到一个陌生号码，便问她这是谁的电话，她似乎对我密查她的卑鄙行径感到很吃惊，回答说："这是哈桑·阿卜杜勒·萨布尔，我也像你一样问他是谁，我说这不是你的手机，也不是报社的电话，他对我说他在街上给你打电话，他的手机欠费了，而你的手机关机了。我记得当时和你说过哈桑找你。"这个该死的现代设备，既有揭露秘密的能力，又有掩盖事实的巨大本领。毫无疑问，这只虫豸每天都会删去她不愿意让我看见的陌生号码，或许更简单地说，她甚至从来不和我谈及任何她独处时发生的事情。

傍晚七点钟刚过，我终于接起电话，冰冷地回答她："我真的不能来接你了。我今天很累，直接回家休息了。"我品读着她持久的沉默，然后大声说："让妈妈接电话。"我对母亲说今天实在疲惫不堪，改日尽快去看望她，然后，我又补充说了一句她很喜欢听的话:"让那个沥青①打辆出租车,现在就回来吧,免得太晚了。"当然,我说完就挂断了电话,我知道她正在等我和她说任何一句结束语、任何一个拥抱、任何一个吻、哪怕是任何一声暧昧的呼喊……随便什么都可以。

不管怎么说,这只虫豕把她写的东西藏到哪儿了呢?她是疯了吗?她是像珀涅罗珀②一样,整个白天都在写东西,在夜间我睡觉时,再把写的内容撕掉吗?我把所有物品放回原处,坐在阳台上观察她回家。她下出租车时被自己的长罩袍绊倒了,随后又扶正了遮住双眼的面罩。两年前我开始强迫她戴面纱,直至完成一个完整计划:先让她戴上面纱③,两年后再让她戴上面罩④。现在,她正大摇大摆地戴着面罩走路。她弯下腰给出租车司机付费,然后转身过马路。我开始观察她臀部的轻微摆动,伤心地想:罩袍——哪怕是由船帆制成的——也还是什么都遮不住。阿拉伯人不是拥有卓绝的聪明才智吗?他们在贾希利亚时期⑤就已发现,只有通过活埋女婴⑥,才能摆脱女人

---

① 这里指他妻子,娜莉敏。——译者
② 珀涅罗珀:古希腊神话中的人物。在他的丈夫奥德修斯参加特洛伊战争没有回来时,她被迫选择一个男人来代替她的丈夫,于是她要求织一件衣服来宽限时间,几年中她一直白天织衣服,到了晚上就把它拆掉,直到她的丈夫回到身边。
③ 中东妇女脸上的一种面纱,只蒙住头和脖子,露出眼睛、鼻子和嘴,在阿拉伯语中叫"الحجاب",有点类似中国女孩子戴的头巾,只是尺寸要大得多。——译者
④ 中东妇女脸上的另外一种面纱,属于严格意义上的面罩,将整个脸蒙住,只露两只眼睛,甚至连眼睛都包得严严实实,这种面纱在阿拉伯语中叫"النقاب"。面罩一般为黑色,通常和黑色的长罩袍("العباءة")一起配套使用。——译者
⑤ 贾希利亚时期,又称阿拉伯人的蒙昧时期,指伊斯兰教以前的时期。——译者
⑥ 活埋女婴,女婴一出生,就把其活埋掉,是阿拉伯人在伊斯兰教以前的风俗。——译者

和她们的裸体的诱惑。我从来都不明白女人在生活中的意义是什么，那可怜生物的身体只适合做爱和生孩子。她们总是对男性充满渴望，发明出各种类似于爱情和恋爱的幻想来毁坏一切，这只是为了掩盖她们唯一的目的，就是不要逾越她们永恒的渴望，也不要熄灭她们的淫欲，这欲望是全世界的男人集结起来也永远无法扑灭的。当所有女人和她们的后代被消灭殆尽，地球上只剩下一个男人的时候，这个男人就会再次变成亚当，安拉就会让他升入乐园。这时，这幕生活的闹剧还不是要结束吗？

　　我从未背叛过这个女人，事实上，在她之前，我甚至从未和女人发生过关系，也从没找过妓女。在和她结婚以前，我更愿意保存精力。我那饥渴的器官对我紧追不舍，我却一直在逃避。它认为我年轻、高挑、俊美，笔挺微翘的鼻子显示出我勇猛旺盛的精力。当我感觉两个睾丸里的液体快要喷涌而出时，我会放松一分钟，只要看一眼随便哪个裸女的照片，或是看一眼某个全民艳星小腿的曲线，即便她的行为举止令我作呕，我也能把睾丸腾空，让液体涌到一小捧纸巾里。我一直在想，当女人们因为自己永远无法满足的欲望而在床上辗转翻腾时，她们为何不向命运投降，让自己习惯逆来顺受呢？这难道不是她们因为把我们赶出乐园所受到的惩罚吗？我愈发对那些像狗一样满足自己身体欲望的男人们感到奇怪，心想：他们以前见过先知或科学家或大诗人无视自己饥渴的身体，只是固守在岩洞或实验室里吗？

　　我知道她狂热迷恋我的秘密，是在我们结婚后的最初几个月，那时我们相拥在一起，发奋探索床上和睡觉游戏的神秘世界，仿佛我们正沉浸在乐园中某棵树下的小溪里。她常常在睡觉时嘟囔我的名字，和我在她身体上面她嘟囔我的名字时毫无二致，仿佛我是神灵，她在央求神灵不要停止赐予她恩惠。这个贱女人从来都没满足过，几个月后，一个无以反驳的信念悄悄溜进我的脑海，我确信她每次都从我身上抽走了一部分看不见或数不清的灵魂，或是寿命、能量，或是奕奕神采，我不知道具体是什么。此外我还确信她不能怀孕，仿佛我每次都将上百万个孩子扔到了水井里。发现这些之后，我决定要努力找出摆脱她的方法。于是，自从几年前，我便开始每三个月与她发生一次关系，内心却很不情愿。结束之后，我就背对着她，不去理会她的赤身裸体和饥渴难耐，免得她像吸血虫一样黏附住我。

　　自五年前起，我就从她的双眸中洞悉，她已掌握了我的全部讯息。睡觉时她不再像惯常那样，想枕在我的臂弯里，或是从身后拥搂着我，她开始逐渐远离我，贴着另一侧床边睡。她已习惯睡觉时不再翻身辗转，免得身体碰到我，但是我注意到，她已记住我的时间表，会在我同她亲热的数日前，把揉抹了糖和柠檬的浓密秀发欣然散开。她对我的百依百顺，其实令我惊惶不安。无论我对她做什么，她都对我言听计从。她平静的心态让她看起来像是裹了一层透明的壳。她微笑时也很平静，而且会露出那可恶的撩人酒窝。她时常茫然发呆，眼中泛出一丝忧伤的泪光，我已经快要被这些折磨死了。我看着她，从她脸上读得出，她毫不怀疑我结识了其他女人，已经把所有事情都想象了一遍，甚至想象过我已经把全身心都献给了那个女人，而我只是行动能力有限，因为无论怎么说，我现在还是她的丈夫。她会认为所有男人都像我这样吗？我第一次开始考虑，她对生活的理解是什么？那个场景是她创作出来的，还是她编纂出来的？或者仅仅是她从某个地方誊抄来的？但愿那是她誊抄来的。如果她也希望某个路人从后面同她发生关系的话，那可真是个灾难。

我记得和她谈论过有关男人女人或是夫妻关系的话题。现在，我发现我也只是用神秘和沉默来对待她，她一定是用纷繁狂热的幻想填满了这宽阔的沉默空间，抑或那并不是幻想。事实上，我几乎满脑子想的都是她。我有时也会和她讨论一些时事新闻，比如我和大多数阿拉伯人一样，对萨达姆·侯赛因充满热情，我相信他会战胜美国。我把报社里的坊间传闻讲给她听，比如他有大规模杀伤性武器，其中包括生化蠕虫，被藏在陈旧的隧道下，在第一次歼灭巴格达时，即使突袭都无法将隧道摧毁；比如布什刚刚派遣美国海军陆战队进入隧道，萨达姆·侯赛因就向他们喷洒这种粉末，轻而易举地将他们一举歼灭。小乖乖，这正是用捕机捉老鼠的战略模式啊！新闻部长兼新闻发言人穆罕默德·赛义德·萨哈夫①在发表萨达姆·侯赛因的战争声明时，我一直在电视机前拍手喝彩。我端详着他的绿色军装和上面的勋章、星星和兀鹰，兴奋地对她说："你知道

---

① 穆罕默德·赛义德·萨哈夫，伊拉克前新闻部长，在美英联军攻入巴格达之前，萨哈夫一身戎装频频上镜，坚决表示"美英军队绝不可能赢得战争的胜利"。他每天都要例行公务，在巴格达举行新闻发布会，开战以后，其人气飙升，不仅成为全球电视明星，还培养出一批"追星族"。在一些阿拉伯国家，萨哈夫例行的新闻发布会被称作"萨哈夫秀"。每当萨哈夫在电视屏幕上露面时，人们总会放下手头的活，聚集在电视机前，如同观看热播的电视剧。有法新社记者评论说："(他)喜欢嘲讽，有知识分子的气质，虽然语言略显粗俗，却在受过良好教育的人群中相当有市场。"的确，萨哈夫精通语言，他说过的一些骂人的词，也能够在经典的阿拉伯文学作品中得到确证。——译者

他是异教徒吗?"我的女人通常不喜欢争辩,但那天她忧伤地苦笑着,笑容的含义有些隐晦,酒窝显得更加妩媚。此刻,萨哈夫正在发表他那不容置疑的威胁言论,她盯着萨哈夫的大嘴,平静地说:"美国海军陆战队即将进入巴格达市中心,确切地说他们会首次出现在乐园广场,会第二次歼灭巴格达,会把首都夷为平地,那只猪会劫掠首都的财富和古迹,让人民相互斗争、分帮结派,还会把巴格达妇女投入监狱然后强奸她们,最终会对萨达姆·侯赛因处以绞刑。"

那天,我轻蔑地看着她的嘴巴流畅地说出对萨达姆的预言,就好像我在亲热后轻蔑地盯着她的私处看一样,随后,我冷嘲热讽地对她说:"天啊!快看,这个人怎么能说得这样自信?这么自信啊,小乖乖,自信得像掌控答案的人一样。美国是世界上唯一的超级强国,你以为你所知道的这种简单信息,他并不知道是吗?"我相信,这个女人已经完全感受到了我的鄙夷,并且忍气吞声,就像是普希金[①]笔下死去的公主一口吞下被施了妖术的毒苹果一样。但她没有死去,甚至没有永远长眠下去,而是忧伤且平静地回答说:"他当然知道,但他所有的赌注都是亏本的,因为只有发达文明的国家才会在战争中获胜,尽管如此,萨达姆·侯赛因是个伟大的梦想家,堂·吉诃德令人钦佩。"我鄙夷地用手把她的脸转向另一边,不然我会把她从五层楼扔出去。那些日子里,我在报社连续校订了政治版面中的数十篇文章、预测,还有电影脚本,然而没有一丁点儿内容得以实现。他被处以绞刑的那天是宰牲节[②],当日清晨,我

---

① 普希金(1799—1837),俄罗斯著名诗人,公主是他的神话故事《死公主和七勇士的故事》中的主人公。此故事的阿拉伯语译者为苏海尔·穆萨德法博士,即作家本人。——译者
② 宰牲节,又称古尔邦节(伊历12月10日)。——译者

不情愿地在报社大厅里高声重复她之前说过的话,我们注视着他的骄傲、他对刽子手的轻蔑,看到绞刑架厚实的绳索缠绕在他脖子上,他威严地抬起头,头颅几乎要与天空比高低,"安拉啊,他真是个令人敬佩的'堂·吉诃德'!"

为什么我以前没有看出这个女人的本质呢?自我认识她起,她就没有过太多变化。这个女人和其他女人不一样,让人琢磨不透。她不喜欢唠叨,甚至在拜访亲戚时,她也不会对那些带着孩子的妈妈们心怀妒忌。在回应我母亲和姐姐们的评论时,她总是会让她们哑口无言,比如"一切都是安拉的旨意",或者"没人知道好事情何时发生"等等,然后她们立刻就不说话了。有一次我母亲愤怒地大声警告她:"姑娘啊,这个男人和你在一起很受委屈,没有人能受得了这种委屈。"她用同样的愤怒回应说:"我没有把他绑在我身边,妈妈,世上有上百万的女孩、老处女、寡妇和被休的妇女,他可以去找她们。即便他和她们所有的人都生了孩子,我也不会憎恨他!"

是什么让我忍受这个女人这么多年?我爱这只虫豸吗?这就是人们所谓的爱情吗?在搜查之后,我没有把所有物品摆回原位吗?为什么我会被她惶恐的声音唤醒呢?她像是把情人藏到床底下一样,慢吞吞地问我:"你在找什么东西吗?"我盯着她看了好一会儿,真希望她立刻燃烧掉。我也慢悠悠地回答:

"我的打火机。我在找我的打火机。"

她看着我的香烟盒,打火机就放在烟盒上面。她觉得诧异,讽刺地笑了一下,用同样缓慢的语速说:

"它就在你面前呢,亲爱的,你要用什么点燃香烟呢?"

"不,不是这个,是那个金色的打火机。它原本不是我的,我已经两天没有看见它了。"

她摇了摇头，秀发瞬间从黑色的破布条中释放出来，像波浪一样澎湃起伏。她在试图控制情绪，不让自己的声音因不安而显得断断续续。她将信将疑地讽刺说：

"哦，很好，你给我打电话时，我曾和你说过它放在哪儿了，免得弄混淆了。"

我在垃圾桶里发现她的碎纸片那天，便是在找这个打火机，找了很久。她把打火机从我办公桌上干净的木质烟灰缸里拿出来，平静地放在我面前。

我看着她走向厨房，然后我看向自己周围，心想：这个颠倒的世界是在哪儿呀？她怎么会知道我搜查了所有物品？她怎么会知道这么多事情？有时她的眼睛睁得很大，眼神游向远方，我几乎从她的眼中看到成片的荒凉土地，上面有巍峨的高山和湛蓝的天空，于是我有些害怕，就随便对她呵斥一句什么，或者从后面拽起她的头发，把她拉到床上。

我像极了捕机中的老鼠，几乎到了疯狂的边缘。我怎样才能找到她的手稿呢？我绝望地看着她的小手提包，那里面勉强能装下一个钱包和一本驾照。自从结婚以后，她就再没用过驾照，因为我让她卖掉了她上大学时开的红色菲亚特128，用卖车的钱支付了三菱车的首付款。这辆三菱车是我从工会分期贷款给她买的。当然了，当我轻蔑地对她说"我从来都不明白为什么女人坐在方向盘后面，每时每刻都握住换挡柄去摇动，就像是在握住男人的私处"，她便在行驶证上写了我的名字。

她的小钱包里还有一张我的照片和她的身份证，身份证上丈夫一栏写有我的名字，职业栏写的是家庭主妇。小钱包里通常还有一些埃镑。她没有自己的收入来源，我会给她买她所需要的一切，甚至她的内衣。所以女人们钱包里的现金都腐烂了，只有魔鬼才知道这些钱可以花在什么地方。当我看到报社大楼一层大厅里的监视器屏幕时，脑海中突然跳出一些想法，就像一堆生锈的钉子在机械工学徒手拿的洋铁盒里纷纷跳跃似的。我盯向屏幕，一边看着自己弯曲的鼻子，一边不停在心里重复着阿基米德发现浮力定律时反复说的话，这条定律后来被称为阿基米德定律：

"找到了！"

今天我将放任她去写上几十页的手稿。我奔到报社大楼一层，问安保经理："这个监视系统是怎么运行的？"这个安保经理原来是警察局的队长，退休后来到这里工作赚薪水。他狡黠地笑了笑，像往常一样冷淡地说："这个系统已经非常老旧了，贾玛勒先生。现在你可以安装一个非常小的摄像头，并把它连接到台式机或者笔记本电脑上，这样你随时都可以看到它拍摄的内容。"他的笑容在冰冷的面孔上逐渐散开，最后变成了淫荡的大笑，那张脸能把人吓得逃到云霄之外。我从他的眼睛里看得出，他确信我需要监控系统的原因，是为了捉住我妻子和她的情夫在一起，或是为了背着妻子欣赏情人的裸体，因此我对他强调说：

"我家里被盗了不止一次，偷走的只是我的文件和一些私人财产合同，我想知道是谁偷的。"

他放荡的笑声更大了，几乎让自己喘不过气来，表情也更加白痴。他结巴着说：

"哎，这就是一部有关公寓、侦探和小偷的电影啊。"

他的助手是一个彬彬有礼的小伙子，拿给我一个镀金的圆球，上面刻着"M.麦哈穆德·阿卜杜·萨米艾"的字样。他还拿来了座机、移动电话和传真一体机，每个设备下方都写着

"电子产品"。我向那个默不作声的小伙子道谢，又向安保经理表示感谢，我看着他笑得松垂的脸，真希望手里有一把尖刀，把他的鼻子割下来放在他眼睛的位置上，好摆脱他的嘴巴。

我难得这么慷慨，从工程师麦哈穆德那里买下完成计划所需的所有设备，这几乎花光了我一半的积蓄，但是我很开心，尤其是因为带回了笔记本电脑。我从包里拿出笔记本，警告我的女人，即便是做清洁卫生，也不要碰它。事实上，我设置了一个她意想不到的开机密码，这样即使我在打鼾熟睡时，她也没法玩我的电脑。随后我宣布说要把我所有的文件资料拷到这台笔记本上，把那个台式机留给她。我以为她会异常兴奋地吻我，但是我想错了，她只是高声说道：

"安拉啊，就是说我可以在这上面写东西了！"

我愤怒地盯着她，祈求安拉不要让她承认自己写的是什么，我嘲讽地问道：

"你写什么呢？写菜谱吗？你没有笔记簿吗？"

她对自己刚才的话有所警觉，喜悦立刻化为乌有，丢下我，自己进了厨房。她每次回答完我的话而被我打击时，就会做出这样的举动。这一次，公寓的墙壁几乎都在反复诉说她的悲伤和她挑衅的话语中包含的苦痛："我什么都写，我写东西是为了不要忘记我学过的字母表。"

对我而言，这件事情不仅仅是擒获这个女人的手稿那么简单，它足以让我抓着她的头发在地面拖上数小时，直到她自甘下贱地把手稿交给我，并且声泪俱下地求得我的原谅。同时，这件事更是我征服她、揭穿她的神秘感的一个机会。我把她供养在家将近二十年，可我瞥见她时，却发现她就像一个囤积多年的西瓜，我既不认识也不了解她。无论怎么说，这都是不公平的。我从未对她有所愧疚，也从未觉得自己探查她的行为很卑劣。这具肉体生来就是被我享用的，所以理应让她比现在少一点智慧，少一些神秘。

我一大早就把她带去母亲家，借口说我姐姐拉齐娅今天从沙特回来休年假，全家人今天都要在拉齐娅家团聚。她非常不喜欢拉齐娅，总是在拉齐娅淫佚的问题和劝告面前羞得满脸通红，每次都尽可能地逃离她的长舌。同计划中一样，我费力地把她从家里强拉出来，仿佛是在驱赶她上断头台。在车上，她一直坐在我旁边沉默不语。到了母亲家，当我亲吻了母亲，告诉娜莉敏不要忘记拿上锦葵时，她的双眸中泛出一层泪光，哽咽着央求说：

"你来接我不要太迟了，我今天太累了。"

我母亲生气地舔了舔嘴唇，以免自己说出什么来。我有些幸灾乐祸，冷冷地回答她说："等我忙完这些事，就去拉齐娅家。"

她将被迫接受拉齐娅的礼物，把新的罩袍同去年拉齐娅送的罩袍堆在一起，而且永远都不会穿在身上。

我在心里欢呼喝彩。我让四个女人待在一起，让她们一整天都相爱相杀。我想象着母亲、拉齐娅、哈奈和这个娜莉敏四面相对的情形。这里面，只有娜莉敏是外来人。她沉默寡言，但她平静的美丽却经常刺激到其他女人，引起那些女人对她的围攻。我在苏莱曼·帕夏街的朱鲁比咖啡馆门前接上麦哈穆德·阿卜杜·萨米艾工程师，然后一起去了我家。他把几个小摄像头装在公寓各个房间的天花板上，隐蔽得几乎让人看不见。我发现自己只用了不到三个小时，就变成了间谍。麦哈穆德调试好摄像头，教我如何在笔记本电脑上查看公寓里发生的一切。整个公寓静悄悄的，浸染在落日的余晖中。现在我在键盘上按下一键，就能跟随这只虫豸从一个房间来到另一个房间。我感觉自己像安拉一样掌控了一切，便赶快奔向报社，好从那里给拉齐娅家里打电话。

* * *

易萨姆·辛瓦尼生气时，表情就像饥饿的鬣狗一样。此刻，他正在大厅里朝哈桑·阿卜杜勒·萨布尔大声嚷嚷，哈桑则低着头听他在用尖细的嗓音说："这是什么意思？新闻工作只是让你整天握着手机去联系消息来源？对方只会告诉你他想要你知道的信息。你什么都没找到是什么意思？我敢打赌，如果我发表了这个话题，几天后就会有两只替罪羊被杀，而腐败者却安然无恙。"

我在专心查看哈桑收集的调查材料：致癌农药；腐败的高级官员，没有人知道他们从何时开始过上了法鲁克[①]国王那样的生活。还有一些资料是对于一些性取向的谩骂，其中包括女同性恋、男同性恋和恋童癖。为了不让报社倒闭，我当然要把这部分内容删去。还有红色晚会的可疑交易，期间有大量幼女失去贞操；大型工厂和企业里国有资产的非法变卖，一小撮接班人在牟取私利；某些人从环卫工作中获取的巨额回扣；领导人子女的偷盗丑闻，他们的生活高高在上，住宅周围设置了带刺的铁网，有训练有素的警犬把守，生活在水深火热中的平民

[①] 法鲁克一世，全名穆罕默德·法鲁克（Muhammad Fārūq），第二任埃及和苏丹国王，努比亚、科尔多凡和达尔富尔的统治者（1936—1952在任）。——译者

百姓无法靠近……这真是一部浓缩的悲剧电影！难道我们国家只能生产这种拙劣的电影脚本吗？

哈桑·阿卜杜勒·萨布尔正在口若悬河讲自己的传奇爱情故事，仿佛主编片刻前训斥的不是他。我发现他言辞混乱，要把他的话重新组织一下，才能明白他在说什么。他现在的问题似乎是，怎样才能摆脱众多姑娘：

"吉米大叔，我不明白，为什么这类姑娘都想和我睡觉？为什么她们的想法不会刚好和我一样，想去看看其他人，尝试和别人在一起？这样的生活才更美好。吉米大叔啊，这些女孩都想粘着我，真是很奇怪。你和她讲我的物质条件，她会和你说埃及电影里的对白，内容大概是：我们一起奋斗吧。你对她讲实话，说你们结束了，你不爱她了，她会问你一千个问题，只围绕一个意思：你为什么不能爱我？然后她就会崩溃大哭，还扬言要自杀。你和她讲你爱上了别人，只有知道了那人是谁、是否比她漂亮，或者是否更能取悦我，她才会平静下来。我要努力不要让前女友杀死现女友，当然也不要让她杀掉我自己。你知道吗？吉米大叔，这些女孩很可怜，我拿她们很为难，唯一正确的解决方法就是，她们从没交往过像我这样的人。好吧，我已经放手让她去结识一千个人了，只要不是我就行，难道不是这样吗？"

我端详着他年轻的面容，这是一张纵欲无度、玩世不恭的脸，那一对耳朵，就像是平民餐馆里盛放泡菜的两只小碟子，宽大的鼻子和一张大嘴尽显贪欲。他的臭袜子的味道，在报社里无人不晓。他去我家做客后，我妻子总是会用滴露消毒液把已经消过毒的公寓再擦拭一遍，再喷光一整瓶空气清新剂。哈桑从事新闻行业后,便远离了明亚①的家人,在首都安定下来,住在吉萨地区一幢古老豪华建筑顶楼的一居室公寓里。他一个月才洗一次衣服,当然,他更换女友的频率比换袜子要快得多。他很少待在这间公寓里,每次都有一个新女友陪他回来,此外他所有的时间都是在大街上度过的。他这辈子没和别人吵过架,只有这幢大楼的看门人除外。这个看门人一直管他叫笨蛋或是落后的上埃及人,他还不停重复那句无聊的话:"小子,玷污别人家的女孩,是不能被容忍的。""吉米大叔,有谁强迫她们跟我一起回家吗?她们知道我是单身汉,也知道我要对她们做什么。"

  其实,我很想知道他是如何把这些姑娘拖进他的兽穴的。她们中有年轻的女记者、播音员和在校的女大学生,她们都毫无疑问地梦想有一天嫁给他,我差点就对他说:"哈桑啊,女人只分为两种,不会有第三种,一种寻找永恒的爱情,安于丈夫的守护,另一种就是妓女。你用爱情做诱饵,狩猎第一种女孩,再遗弃她们,她们摇身一变,就成了杀人犯或是妓女。自从人类有史以来,女人就开始从事这种最古老的职业,她们很清楚,出卖肉体不仅可以给她们提供物质收益,还可以使她们得到保护,免于落入爱情欺骗的陷阱。"不过,我决定什么都不说,并且梦想着——不知道为什么——有一天在校对灾难事故版面时,看到一则消息:"费萨尔国王大街上,惊现青年记者哈桑·阿卜杜勒·萨布尔的尸体,其尸体分装在十个黑色垃圾袋中,被均匀地散布在沿街堆积的垃圾箱里。"当时我绝对想不到,我的愿望永远不会实现,反之,安拉却将实现哈桑的愿望,

---

① 明亚省,位于埃及中北部,是埃及二十九省之一,也是上埃及八省之一。——译者

让那些受害者顺应他的建议方案。乐园的大门为他敞开，却在我面前关闭了……

这次对话结束后，过了几天，一个漂亮女孩来到我们面前，看见她的人瞬间会被她那双大眼睛吸引住，过一会儿才会注意到她蓬松的吉卜赛人的头发和穿着浅黑色紧身牛仔裤和亮桃红色短上衣的曼妙身材。她坐在哈桑正对面的一个工位上，让我们所有人不约而同想起了电影《我爱情的公主就是我》中的苏阿德·胡斯尼。她像电影里的公主那样，露出羞涩而开心的笑容，大声说道："我是阿依黛·拉姆齐。"哈桑·阿卜杜勒·萨布尔缓缓站起身，正想像往常一样吹口哨，却吃惊地结巴着说："她是要在安达卢西亚报社工作，就坐在我对面吗，吉米大叔？"很不幸，我无法提醒这个女孩提防他，所有同事都和我一样，想要袖手旁观一个有趣的故事。如果我提醒过她，她会听我的话吗？如今，在我看来，我们像是商量好了一样要保持沉默，我们在保护男人的利益，要让这个社会的女性永远成为妓女和我们的女奴。我们经常为此辩解说"这一次安拉会给他指引正路"，或者"没有人强迫她为他献身，观看三部埃及电影，就足以让她知晓自己的命运"……

三个月的时间，足以让他把这个漂亮姑娘撵出楼顶的公寓，并且向她承认他其实并不想结婚。为了和他在一起，她似乎做了不少努力，经常哭得双眼红肿，邋里邋遢、蓬头垢面地追踪他。我们亲眼目睹了她的崩溃和凋零，看到她由于在大街上尾随他和睡眠不足而面容枯槁。我们有时幸灾乐祸，有时也会安慰劝告她要好好照顾自己。猎户中不乏他那样的混蛋，可我们同时也对事件的结果感到高兴和欣慰。这个不谙世事的小姑娘是怎样领悟到我们的真情实感的呢？我们每周二晚上都去乌德尤恩咖啡馆玩通宵，有一次，我们看见她出现在咖啡馆，感到很意外。她光彩照人、优雅十足，如凤凰涅槃一般。两瓶斯特拉下肚之后，她大喊着回答别人的问话，我们没有听清问题是什么，只听到了她的回答："如果他根本不算是男人，女孩能怎么办？为什么男人总想享用我们，而我们女孩却没有权利像他们那样做？"然后，她带着迷人的哭腔问道："会有哪个女人找到男人，不愿意追随他一辈子？这个人有病，他频繁更换女友，是因为他没法满足任何女人。"哈桑面色苍白、双手颤抖地站起身，走向她的桌边。她正同播音员女友和一个男青年坐在一起，我们只知道这个男青年正假借帮助她走出感情危机而试图在她周围布下罗网。哈桑想要嘲讽她："你是在说我吗？"她柔和的笑声瞬间变成了著名的祖祖·纳比尔①的笑声："是的，妈妈的宝贝啊，我是在说你呢，你想让我说什么呢？"

我们抓住哈桑的胳膊，适时把他隔开，服务员把我们赶出了咖啡馆。哈桑大喊大叫，嗓子都喊哑了："太邪恶了……"她歇斯底里地大笑说："闭嘴！对我来说，这很正常，所有我这样的女孩在你们眼里都是一样的。"接下来的几个月里，我们每天都会关注这个故事的结局走向，对我们而言，这就像是一部喜剧电影，而对哈桑·阿卜杜勒·萨布尔来说，这部电影却是一个悲剧。我们不时会听到阿依黛讲述一星半点关于哈桑的故事。这个精力旺盛、时常吹嘘自己征服众多姑娘的雄性动物，会长达数小时蹂躏她。他在肮脏房间的墙壁上装满了镜子，要求她赤身裸体地站立和跳舞，好在镜子里观察她的不同姿态，然后向她猛扑过去，短短几秒钟便结束了战斗。这样一来，所有以前去过哈桑公寓的人全都释然了。他们曾经觉得诧异，公

---

① 埃及著名演员，经常扮演母亲的角色。——译者

寓里脏乱不堪，除了一张巨大的床、一个柜门已经坏了的小衣柜，屋子里再无其他家具。此外，屋子里还有覆盖了整面墙壁的昂贵的大镜子和一面覆盖了整个天花板的正方形镜子，上面有一些微弱的灯。说起这些，他们谈笑风生："如果我们知道原因，就不会觉得诧异了。"

阿依黛·拉姆齐恢复了平静，却变得——我不知道她是怎么做到的——再也高兴不起来了。她走路时像是加冕的女王，而且，她否认自己在乌德尤恩咖啡馆和私人聚会上说过的一切，还在易萨姆·辛瓦尼面前哭诉，说自己对这些言论感到惊讶。她在他耳边低声细语，那催人泪下的声音真让人心碎："人们啊，这关乎女孩的名誉，您的身边也有女性，您是不会接受她们被欺侮的。除了您以外，我在埃及再不认识其他大人物了，而且我也不是第一个被他骗的女孩，他让好多女孩都以为有可能嫁给他。"过了几天，易萨姆·辛瓦尼找到了一个机会。这天，阿依黛不在报社，各部门也没有外来访客。他站在哈桑的办公桌前，执意要让所有下属都听到他尖细的声音：

"听我说，你这个花心大萝卜，我并不想在这儿或是其他任何地方讨论这个话题，我想要你亲耳听听别人是怎么骂你的，你要把嘴巴闭上。"然后，他走到哈桑身旁，生气地低声说："你怎么看？我亲爱的！你对待这些好姑娘，怎么能像对待从妓院里找来的人一样？你付费给她们，还要求她们保持沉默？然后呢，兄弟，她说了什么？她说你不是男人，好吧，她有权利这样说。男人不应该为自己的享乐付费吗？你以为走在大街上的所有女孩，都是你的奴隶吗？"

从那以后，阿依黛的愤怒完全平寂了。虽然她仍和我们在一起，却开始逐渐疏远大家，似乎把自己连同悲伤和心碎一并锁闭起来。然而她在哈桑·阿卜杜勒·萨布尔面前引爆炸弹所产生的滚滚浓烟，却在报社日夜弥漫，大家仍在津津乐道各种细节，比如说他怎样伤了女孩的心，她又怎样糟蹋了自己的名誉，有些人还会自告奋勇地添油加醋。正如我们所料，哈桑并不认可易萨姆·辛瓦尼的斥责——我们所有人都看出了这一点——他在同别人通电话时，似乎就在说这件事，挂断电话时，他把听筒摔到座机上，差点砸碎了电话，而且还喃喃抱怨道："但愿这个狗养的娘们倒霉！几个月前她还跪在我脚下，对我说：娶我吧，我会成为你的仆人。"我们习惯了不发表任何意见，却被西迪·费拉希大叔惊得目瞪口呆。西迪·费拉希大叔已经在开罗生活了三十年，但仍坚持说东部地区的乡下方言，仿佛是在坚守某种宗教仪式。他粗暴地把盘子摔到哈桑面前，皱紧眉头，极度鄙夷地说：

"好，我发誓，她是对的。"

女孩们像躲避害虫一样，连与他说话都避之不及，他也没能驳倒阿依黛的控诉。一天早晨，他在我面前崩溃大哭："吉米大叔，难道说我给自己拍摄和那个恶人在一起的录像带，就为了证明我的男子气概？"他看起来像是根本做不出这种事情。此后，他会蓄起山羊胡须，卖掉父亲在明亚的一费丹①土地，用卖地的钱在费萨尔国王街上买一套公寓，再从家乡带来一个有护理文凭的穷人家的女孩。然而直到他生命的最后一天，一直都会有一个无法明说的故事与他如影随形，这个故事既不能讲给他同时代的人们听，也不能向初次见面的人讲述。人们还想努力嗅出女孩故事的悲剧气息。她的生活会过得既不那么悲哀，也不那样幸福，而是在一下子体验过生活的甘甜与痛苦之

---

① 埃及面积单位，1费丹等于4200平方米。——译者

后，发现乏味无趣的生活才更容易顺利过下去。阿侬黛会凭借自己的智慧嫁给一个年轻的法国记者，他痴迷于中东事务，是那种空想主义者，会在难民营被夷为平地时，直接站在以色列推土机前面。他会周游世界，在巴格达和阿富汗机场高声抗议孱弱百姓受到的侵害和不公。他们更喜欢休息时坐在平民咖啡馆里，像远方的家乡同胞那样摇头晃脑，陶醉地享受生活，然后向朋友们介绍自己的妻子说："这位美女让我爱慕到了崇拜的程度，她就是我的妻子。"接下来，当阿侬黛·拉姆齐讲述她与哈桑·阿卜杜勒·萨布尔的故事时，他们前仰后合，大笑不止。

* * *

在去拉齐娅家的环路上，我在心里追忆着我妻子二十年前的模样。曾经，她会为了见到心上人而迷恋痴狂，会因为吃醋或是做了失去他的噩梦而恼羞成怒或面红耳赤，如今，这些都去哪儿了？曾经，她会因为与他分离而伤心流泪，会饱受相思的煎熬，会感到淡淡的忧伤，会品味忧伤歌曲中的几句歌词和一些长诗里的隐喻诗句，如今，这些都去哪儿了？曾经，我为了得到她，宁愿付出生命的代价，现在，我却想要结束她的生命，她究竟怎样让我有了如此大的转变？人们在沙漠里栽种出来的这些新城市是什么？我穿过柏油街路上的大铁门，这里的树木很矮，看起来就像人造的。这里四处遍布着别墅，房子的外形丑陋不堪，仿佛是能工巧匠刻意而为的。他们想要建造出像封建主义帕夏那样的公馆，为此可以不惜钱财，然而建好之后，这些房子竟然如此难看，就像决定帕夏公馆美感的，不是它的墙垣、田地和周围宽敞的花园，而是帕夏本人。据说他们曾用珍稀的古董和世界上知名艺术家的原版画作来装饰公馆；据说公馆的四面八方都曾经飘扬着音乐声，但是后来，用来装饰大厅的钢琴就上了锁。据说他们本人曾像那些名画一样优雅精致，陪同他们的迷人太太去剧院看歌剧……

我望着拉齐娅家公馆的外墙，那上面除了墙漆、镀金栏杆上的花盆、一串巨大的念珠和陶瓷墙砖以外，什么都没有。墙漆难看得几乎让人过目不忘，墙砖是浴室里瓷砖的颜色，看上去会让你一直有一种想去小便的强烈冲动。拉齐娅的丈夫赛义德不允许他的家里出现任何塑像，理由是塑像会妨碍天使进入家里。几年前他来我家做客时，看见自由女神像、半裸的维纳斯、纳菲尔蒂的美丽头像、手握长矛的雅典娜、亚美西斯二世和长着翅膀、手拿弓箭的丘比特，便把脸转向书柜，可是书柜里也摆放着各种塑像，于是，他不停地大喊着胡话：

"乞求伟大的安拉宽恕。乞求伟大的安拉宽恕。"

面对他的胡言谵语，我们所有的人都目瞪口呆，惊得说不出话来，只有我妻子打断了他尖叫的乐趣。她走出厨房，对他说话时提高了音量，那嗓音像极了小提琴的声线：

"赛义德先生，这些雕塑不是用来崇拜的偶像，它们不叫拉特和欧杂①或是胡伯勒②，即便是弱智，也不会跪在它们面前祷告。"

听出她话音中的讽刺，赛义德便把拉齐娅和孩子们拉到自己身后，离开公寓，落荒而逃，身后的厨房里，留下了还在烹饪的晚餐。为了准备这一餐，需要连续烹饪十多个小时……那

---

① 拉特和欧杂，是古代阿拉伯的两个偶像。——译者
② 胡伯勒，是伊斯兰教以前供在麦加克尔白里的偶像。——译者

一天，这条街上所有的看门人都品尝到了葡萄叶包饭、卷心菜包饭、秋葵塔吉锅、白酱通心粉和几对烤鸽子，烤鸽子里有的塞满了大米，有的塞满了去壳的麦子。第二天，我一整天都在渴望一顿丰盛的正餐，当我从报社回到家时，一股煎鱼的味道扑鼻而来。我已经无法再揍她一顿。她的眼睛哭得又红又肿，仿佛她真的被痛打过，伴随火辣辣的疼痛的，还有随之而来的愤怒。她蜷缩在睡衣里，就像一个掉入深井的孩子，很清楚自己什么都做不了，只能一直看着四周高耸的光滑的井壁，直到死去。

* * *

它是个凶残的杀手，其他任何聪明或勇猛的野兽都不是它的对手。为了生存在猛兽金字塔的顶端，它永远都在战斗。它卑劣、胆小又愚笨——打个比方说，就连它的脑子，都像是长在了傻瓜的头上——因此它很少亲自捕获猎物，而是以其他猛禽吃剩下的猎物为食。饥饿时，它会猎捕软弱、幼小和受伤的动物，然后把它们一口活吞下去。它讨厌光明的白昼，只有在漆黑的夜晚才会出来活动。

第三章

她用手背擦干眼泪,缓缓走向电话机,像是在催眠术表演中被催眠了一样。她盯着号码显示屏上的数字看了好一会,咽了一下口水,警惕地回答:

"你好。"

"先生,你这样真不要脸,我是个已婚的太太,你不要这样了,否则会灾难临头的。"

她双眼闪烁着泪水,发出哎呦的一声叹息,仿佛她知道他有多么迷恋自己,他对她的无限爱意甚至能让石头融化。

"好吧,我要去打电话叫警察了。"

她把听筒放回原处,很快又把它拿起来,放在沙发上。

每个男人都知道,世界上最撩动人心的女人,是玛丽莲·梦露,不是因为她白皙红润的皮肤和金发碧眼,在美国有上百万名像她那样白皙红润、金发碧眼的女人。梦露的迷人,是因为她的声音:那是半睡半醒的、女性特有的郁郁寡欢的声音,迷失在斑斓的色彩中,当她因为快乐或遭受不公而大喊时,所有颜色都变成了布满乌云的低吟的玫瑰色。这种声音让你在听到它的瞬间,就忘了声音的主人是杀人犯还是被害人,是圣徒还是妓女。因为你只想把她拥搂在怀中然后杀死她,好让她和她的声音完全融化在你的臂弯里,不留下任何痕迹。

今天晚上,我要扇她两次耳光。我要像往常一样拽起她的头发,把她一直拖到卧室。因为我一整天都在找她。电话一直在占线,整个夜晚,甚至在她的梦里,她都会不停在我身旁嘟囔说:"天啊,我忘了把听筒放回到电话上了。"女人说谎仅仅是因为她们喜欢说谎,或许是把它当成了化妆打扮的一部分,只有魔鬼才知道女人为什么要这样厚着脸皮说谎,她是在趁机保护我,以免让我吃醋和做出男人们通常会犯下的蠢事?所有女性都是这样对待我们的吗,就像我们的妈妈一样?

她解开衬衫纽扣,盯着自己的两个乳头看,我感到很惊讶,此前我从未想到过我自己会窥探这个女人。我有时会忘记她是我的妻子,她身体的每一分每一寸,都已被我熟记在心。她像坐在地板上一样,盘腿坐在办公桌的转椅上,我不知道她是如何坐上去的。她看着正在旋转的呼呼作响的吊扇,眯起眼睛看向台灯的光,用大发夹把编成辫子的头发盘起来,俯身在白纸上打着草稿。汗珠从她的头上滴落下来。她不时抬头看着吊扇和藏在里面的小摄像头,接着,她的眼睛开始追随吊扇转动的叶片,眼里突然闪烁出一丝光芒,仿佛她是个追赶羊群的疯子,而她的眼里只有羊群。我是多么厌恶这个女人啊!我讨厌她那张突然面无表情的脸,讨厌她那高高挽起的丝滑的秀发,讨厌她的酒窝。我讨厌她,尽管我以后还可以回看她此刻的一举一动,但是我无法让自己停下来,或许因为这是我第一次从远处监视她。事实上,看到她的汗珠纷纷滴落下来时,我感到惊讶不已。一直以来,我都觉得生活中不再需要写作了,我已经被这种感觉纠缠很久了……在安达卢西亚报社里,没有人会注意到那些被我们——政治、新闻、调查和事故栏目的编辑——暗地里称为"街头说唱者"的人。每当我遇到文学版面的编辑，他们都会把我介绍给某个诗人或小说家，我会十分尊敬地向他问好，但实际上，我的内心却感到无比恶心。终日坐在椅子上写故事和逸闻，我从不认为这是一份适合男人的职业。我不知道自己的这种思想从何而来，但我一直认为，男人不适合这种形式的沉思和懒惰。或许我认为男人适合写哲学、理论或者政治和神学书籍，更适合写科学书籍。于是，基于这种思想，我一直都在心里嘲笑写故事或写小说的男人。不幸的是，我从不敢把这种想法公之于众，我应该把它透露给所有伟大的男作家和杰出的男诗人吗？

  我的同事们——那些文学版面编辑——反复表达着他们对于某部最近大红大紫的小说的看法，他们在分析小说家的政治见解和叙述的象征意义。为了不显得很无知，我最终不得不坐在办公桌前，断断续续地阅读这部小说。我发现自己对这些支离破碎、毫无深度的政治、经济和宗教观点感到厌恶至极，它们就像是当地面包店里纵队排列的面包，被平均分配给小说中的各位主人公。面对这位小说家，我感觉自己就像是在面对一名站在平民街区阳台上的妇女，她在不停逐一嘲讽自己的邻居，嘲讽他们的特点、行为，还有他们私通的丑事，当然，她会变换邻居的名字。这个市井的女人不能坦诚勤勉地追随某一个想法，从而得到最终的某种结论，因此，她四处散播自己那些支离破碎的想法，还一次又一次不厌其烦、无休止地把它们反复抛出来……女人啊！我的女人此刻正在写作吗？这个女人会写作！这个从未走出罩袍、甚至从未走出我家围墙的女人在写什么？她对生活有什么了解，又可以写出什么？如果我曾嘲笑过那些饱经世故的男作家,那么对于这个缺乏智慧和宗教信仰的女人写出的东西,我又能说些什么呢?有一次,她倚靠在我胸前,问起我读过的一本书,我轻蔑地说:"好吧,我试着给你讲讲,天啊,希望你能听懂。"我指了指她的头,开玩笑似的摇晃了几下。那天,我给她讲了光速,讲了万物自古以来得以保存的思想,这其中所有场景和文明的细节,所有谎言和背叛,还有所有的故事和小说,都无一例外地被保存,其中的琐碎和伟大,都被平等对待,万物被永久保存在以太中,全部都有自己永恒的位置,并以光速遨游在太空中。我给她讲了,如果有哪件事物没有被记录在永恒的史册,那么所有这些创造就都是尘埃,安拉创造整个宇宙,并不是为了遗失尘埃。我给她讲了在某个遥远星系中存在万物的假设,比如它们生活在一个和我们类似的星球上,然后我停下来问她道:

"你知道这个宇宙是由什么构成的吗?"

她甩了甩自己的秀发,表示不知道,我回答说:

"好吧,它是由很多星系构成的,我们生活在一个叫做银河的星系里,在我们和其他星系之间,有上百万光年的距离。很好,你和我一起假设,其中某个星系上存在着和我们类似的生物,它们生活在和地球类似的星球上,但是这个星系的科学进程要比我们先进很多。你假设一下,这些生物的发达程度惊人,在以这样或那样的形式监视我们。它们拥有比如你在科幻电影中看到的飞碟,或是任何一种我们不曾了解的望远镜和高级照相机。你和我一起假设,这些生物同地球的年龄相吻合,至今已有五千年历史,那么他们的高级相机现在要拍摄些什么呢?"

她完全震惊了,低声回答说:

"或许是米奈①国王的队列，他正要到埃及金色的国王宝座上登基加冕，成为至尊的法老。美妙绝伦的太阳将映射出灿烂的金色，队列便在这金色的光辉中行进。农民们跟在它身后奔跑，男人们的衣服很短，女人的衣衫敞开，长至腰间。或许，在尼罗河三角洲边饰满莲花和纸莎草②的田野上，还有圆形的汲水车在转动。从上面看去，埃及本身就像一朵迷人的巨型金色莲花。或许，那是一位雕刻师，正在埋头将一块花岗岩雕刻成法老的模样，并把它放置在法老庙宇门厅的柱桩上；此刻他正在全身心沉浸其中，不知道这块大石头会在他死后继续留存几千年……"此刻，她那若有所思的微笑，不是比撩人的酒窝更令我心动吗？

在六十岁以后，我或许会从她编写的上百篇小说里追寻她的踪影。那时，她将受到全世界成百上千的男男女女的追捧喜爱，而我却永远失去了她。到了这个年纪，我或许别无其他兴趣，只喜欢从几堆晦涩的小说中发现一本新出版的优质作品。我可能会写一本评论书籍，它会像我以往写的文章一样，不会引起任何关注，仿佛我发表的是一些空白文档，但是我将以此表达自己的歉意，我从前不应该蔑视写作，特别是蔑视写小说和故事。我或许会把书名确定为《小说：新的生活之书》，我将在这本书中讲述东方和西方的小说范本，但绝不会提及我的女人。她已经把所有可以书写的有关她的内容，全都写进了小说三部曲，她厌倦了被人追捧或被人攻击，也厌倦了人们对她的某部小说的诋毁。十年后，当我阅读自己亲手写的东西时，我将能够理解那些曾经被我嘲笑的人们，理解他们在所有宗教、

---

① 米奈，统一埃及的国王。——译者
② 纸莎草，古埃及人造纸的原料。——译者

哲学、逻辑学、古代传说和枯燥的科学书籍中写下的有关生命和死亡的内容，这是我以前无法理解的。我或许会放弃所有生活乐趣，比如旅行，对于那些我并不清楚它们在地图上的确切位置的国家，我可以去探索他们的土地和街巷，可以对民众的伤痛感同身受，与他们一起开怀大笑。我将习惯在仰卧着睡觉时，看着那些睡美人们翱翔在我的房间上空，然后把它们一口吞掉。

　　一切都是从试图仿效她开始的，我开始用眼睛阅读，并没有像我以往那样翕动嘴唇。当我沉浸其中时，就会被我供养在家的那半头母牛打断——她给我的婚姻上了一课。同娜莉敏相比，她就像是安拉对人做出惩罚的经典案例——她对着我大嚷大叫，再三重复着她永远在说的那几句话。她说我为了读故事和小说，像个不生孩子的女人似的，一直趴着睡觉。她的大吵大嚷，有时会被电话铃声中断，于是她又重新向某个女邻居或是表姐抱怨起同样的内容。她的表姐也是个大嗓门，平日在平民餐馆卖红烧鸡大腿。我能听到她在电话里说："姐姐啊，他喜欢整天睡大觉，这很差劲，他根本不关心我和孩子们。"然后发出一阵粗俗的狂笑，继续说道："姐姐啊，闭嘴吧，这个男人已经65岁了，他随时都能在我手里死掉。这就是糟糕的生活，我没法改变它。"

　　她突然抬起头，目不转睛地注视着我的眼睛，我是指那个小摄像头，她当然不会注意到它的存在。现在，她注意到周围有什么东西了吗？我一面试图伸展因久坐而变得僵硬的脊背，一面看着她，仿佛她是我家里的一具陌生的躯体。她好像包裹了一层透明的膜，我不知道这层膜是由什么构成的。她的眼睛是墨黑偏绿的颜色，当我盯着她的眼睛看时，那双眼睛就变得像两个水晶球，反射出奇异的光芒。我感觉在我和她之间，隔着上千个场景，有人、声音和密集的暴风雷鸣，还有陌生的床铺、风沙，有彷徨的抑或邪恶抑或美好的灵魂，而灵魂中那些美好的部分，几乎会让石头融化掉……我和她的距离有多么遥远啊！现在，我就这样直视着她的双眼。她目不斜视，连睫毛都没有眨一下。刚好十分钟过后，她闭上了眼睛。现在，她仿佛怀抱着一份液体，像是担心这些液体有一丁点洒漏出来似的，极为缓慢地闭上了眼睛。或许就是这个瞬间，让我开始慢慢发生了变化。谁会相信，在失去这个女人以后，我将只用这双目不转睛注视了我十分钟的眼睛去看世界，而这十分钟，仿佛是永恒那么久。

我的女人离开后，我开始一蹶不振。母亲去世的那天夜晚，我应该一直守在她的床边，好让拉齐娅至少休息一个晚上，回家看看丈夫和孩子们。自从母亲患了脑血栓卧病在床后，拉齐娅一直在休假照看她。我让母亲靠在我胸前，按照拉齐娅的叮嘱，给她喂好早上的第二份药，然后就躺在了休息椅上，这椅子是拉齐娅给她自己准备的。不记得过去了多少分钟，我的大脑就这样一片空白，仿佛它是一片废墟，废墟里没有一丝拂动的空气，连孱弱的树叶也纹丝不动。我没有一点悲伤的情绪，脑海中也没有浮现出母亲以往健康、快乐、生机勃勃和辛劳忙碌的场景。我看着面前这具半身不遂的躯体，仿佛它一直以来就是这样的。突然，她的眼睛僵住不动，脸部的容貌像是小说中的邪恶女巫。她长叹一口气，白色口沫淹没了她的双唇。母亲摇了摇头，似乎在回答一个无人问及的问题：

"对的，对的，我的女儿啊，我把一坨红色肉块扔到了伊姆巴巴桥下的垃圾堆上。是的，是的，我本想挖一个坑，把它埋在坑里。是的，我每天晚上都会在梦里看见迷路的野狗正在噬咬它，我的宝贝，我的儿子啊，如果他还活着，他就是贾玛勒的弟弟。"

接下来，母亲不停呼唤道："贾玛勒……贾玛勒……贾玛勒……"我没有把手伸给她，也没有试图让她感觉我在她身旁，我不想让她发现自己把秘密倾吐给了我，而不是拉齐娅。我一直睁大双眼看着她，仿佛我在看向无边无际的天空。我不知道她去世的确切时间，也并没有像埃及电影里演的那样伏在她身上痛哭。我不得不从这漆黑深夜里随意选出一个时间，把它确定为母亲过世的时辰。我悄声对亲戚们说："母亲是在晨礼时间去世的。"当时，我感觉自己的双脚在休息的椅子上变得很僵硬，心里也不愿意靠近母亲，为她合上双眼，或是给她恐怖的脸遮上盖脸布。我奇迹般地挪到了门外，坐在公寓大门后面，像是要逃离母亲，更像是要逃离生活本身。我不知点燃了多少根烟，把它们丢在地砖上，让它们自行熄灭，看着它们吐出最后一缕烟雾。最后，我终于勉强让自己回到房间，拾起电话听筒，冷淡又呆滞地回答拉齐娅的早安问候："节哀吧。"

母亲生病期间，拉齐娅一直在自己家和母亲家之间奔波，每天熬夜，因此喉咙已经沙哑，说话时总是发出咯咯的声音。她发出一声尖叫，清了清喉咙，然后开始不停地重复说：

"什么时候？什么时候？我的运气真是糟糕啊！四个月来我都没有理会家里和丈夫孩子，只离开母亲一个晚上，她就去世了！"

我没有注意自己在说什么，也没有注意自己就要挂断她的电话，依然呆滞地回答说："赞颂全归安拉。"

安拉是多么偏爱拉齐娅啊！她不会一辈子都被母亲临终前

说的谵语纠缠不休，不会一辈子都在试图破解谵语的秘密，也不会转弯抹角地向所有与母亲相熟的邻居、姐妹和亲戚询问同一个问题，而这问题本身已经成了折磨我的永恒梦魇：在父亲短暂的生命中，我母亲曾因父亲怀过孕，然后自己堕了胎，把亲儿子扔到垃圾堆上吗？那么，她是在哪里怀上的这个孩子？拉齐娅永远不会饱受寻找答案的折磨，她不会像我那样，一直找啊找，去寻找一个并不想得到的答案。任何人都不要窥探逝者的秘密，难道不是这样吗？我一直在朋友和熟人面前佯称，有一次我在一本《古兰经》注解中读到，按照教义，坐在死者床上是不被允许的。如果答案像所有人确信的那样，同我父亲在一起时，母亲经历的数次怀孕，最终结果是生下了我和我的两个姐姐，那么在我父亲去世后，当她还是美丽少妇时，母亲曾经怀过孕吗？如果有，又是和谁、什么时候、在哪里呢？我只记得她和我在一起时的样子，确切地说，是和我独处时的样子。从我读高中起，母亲就在筹划，等拉齐娅和哈奈一到青春期，就把她俩嫁出去，仿佛是要摆脱长期与她如影随形的耻辱一样，尽管这样做对于她和我而言都万般不舍。那时，学校放假的时候，我做过各种工作，开始时是召唤从伊姆巴巴到解放路和解放路到伊姆巴巴之间的小型巴士，做过咖啡馆服务员，之后稳定下来，连续三年在夜总会负责清洁醉汉丢在桌子上的果壳碎屑，擦干他们喷在那些过气三流舞女身上的口水污迹。她们换衣服时，唯独在我面前不会表现出忸怩的神态，不过，她们的衣服总是越换越难看，那些衣服颜色浓艳，闪闪发光，和她们遮盖面容的脂粉十分相配。我所知道的事情，她们也是知道的，于是她们伪装成醉汉的玩物。有时，她们也会像彼此聊天那样，市井气十足地谈论那些醉汉："那个穿蓝西服的呆木头,他还以为自己是拉希德·阿巴塔①呢……"

我可以统计出夜总会常客几乎所有的职业,这些职业基本相似:无所事事的前富翁,汽车代理商,铁器和油漆店老板,还有超市老板。这些人从不学习,从来没有饱受过痛苦,从不思考自己周围的世界,也从来不对任何事物感到好奇。他们在自己的店铺打烊前,只去夜总会待上一小时,不会多也不会少。他们盘点一下收支,把利润装进口袋里,然后奔赴夜总会,去履行他们的基本职责,就像是那些无休无止的欲望的奴隶。尽管如此,他们仍十分聪明,因为他们小心翼翼,任何时候都不要从当下醒来,以免在镜子中看到自己的模样,然后崩溃。他们仿佛是用盐做成的雕像,正值五月的时候被突然竖立起来,暴晒于开罗的烈日下。醉酒的男人们永远不会理解,为什么舞女中有人穿着长袖的舞蹈服,肚子和大腿却裸露在外面,或者有人裸露着胳膊、胸脯和腹部,却遮住了小腿和大腿,就像是美人鱼。这些酒醉的男人们不知道,在他们落座的夜总会背后,有一套舞女服装设计的完整的产业链,为的就是不让舞女的缺点暴露在他们眼前。这些男人们什么都不懂,只是不停地任由口水流到小桌子上。他们常常晕头转向,往张大的嘴里扔花生粒和羽扇豆也扔不准,总是扔得满天飞。我只能从喧闹的夜总会的地上逐一拾起豆粒,而夜总会里,低俗色情的光线则一直在忽闪忽灭。

拉齐娅不会感受到折磨。当她看到电影《禁令》的一个场景时,会仔细观察法蒂娜·哈麦玛②的脸,还会把那张脸同母亲的脸庞相比较,并惊讶地发现二者的脸庞和境况是何其相

---

① 拉希德·阿巴塔是埃及著名演员。——译者
② 埃及女电影演员。——译者

似——优素福·伊德里斯[①]曾描写过这种境况——法蒂娜·哈麦玛声音颤抖地痛哭着说了一句让上百万观众为之落泪的话："孩子啊，马铃薯根茎就是导致她们境况的原因。"于是，她赶快关掉了电视。

既然已经生活在这个梦魇之中，找出谜题答案这件事，当然不会对我产生太大影响，这就像娴熟的国际象棋运动员决定把某个兵卒从一个棋盘移到邻近棋盘那样轻松简单。母亲去世大约十年后的一天，上午九点钟，我被一声长长的手机铃声吵醒了。头一天夜晚非常炎热，我只睡了短短几分钟，和其他对酣睡忧心忡忡、心怀恐惧的中年人一样，我生怕自己在熟睡中死去。

"请问，你是贾玛勒·易卜拉欣先生吗？"

"对的。"

"拉齐娅·易卜拉欣女士的弟弟，她的证件上是这样写的。在萨拉赫·萨利姆街上，我们路过展览馆门前时，刚好看到您的姐姐遭遇了一场车祸。我们把她救出来，叫了救护车。愿安拉保佑她健康平安。我们联系了她通话记录中的最后一个名字，于是给您打了电话。赞颂全归安拉，安拉助我们顺利，她的弟弟出现了。先生，我发誓，救护人员和警察都不相信我们，现在他们已经在路上了，但路上堵车很严重。"

那个做好事的人在不停地讲话，说着"别无办法，只靠安拉"，并向安拉祈祷。他用的是拉齐娅的电话，对他来说，这次通话是不用花钱的。当我从睡梦中惊醒时，对灾难心生恐惧。他并没给我提供什么信息，只是在唠叨自己做好事的善举，我

---

① 埃及知名作家。——译者

觉察到他颤抖的声音中夹杂着兴奋,就像妇女在发出欢呼声①,这让我更加厌恶他了。他说:"如果我今天没有碰巧遇到你差点死去的姐姐,我所有这些美德就无处书写了。"或许这是因为阿兹拉伊勒选择了拉齐娅,而没有选择他,于是,他的灵魂拯救了拉齐娅。

我在艾因·夏姆斯专科医院找到了拉齐娅。我不知道自己是如何做到的。她就这样自己坐在床边,由于她的丈夫和孩子都没能在这样早的时间里接听电话,我再次独自一人目睹了家人在我面前死去。她牢牢抓住我的手,她的手劲让我无法相信她会像医生说的那样即将死去,但是她的声音在我听来,仿佛是从一口没有空气的深井中传出的。

"吉米,我刚从妈妈那里回来。你知道,我在每个先知②诞辰日都会去看望她。吉米,你知道吗?我很高兴,我就要见到妈妈了。你们所有人都认为,你是我们中同她最亲近的人,是她最偏爱的人,然而事实上,我和她才是彼此唯一的好朋友。很久以前,那时我只有五岁,她在一个漆黑的夜晚带着我走到大街上,因为她要把什么东西扔到路口的垃圾箱里,可她不想一个人去。她走过整条街,泪如雨下。她看起来像是在和我说话,其实是在自言自语:这个男人怎么能妄想得到世界上的所有女人?他怎么能妄想和他见到的每一个女人都睡觉?他以为所有人生女儿都只是为了满足他吗?就为了让他调戏一下这个,或是摸摸那个,或是垂涎另外一个,然后看看他是不是能吸引到她?安拉啊,我的运气怎么会这样糟糕!我不想再为他生孩子了,我不想和他一起生活。

---
① 阿拉伯妇女在发出欢呼声时,舌头在口里摇动。——译者
② 指穆罕默德。——译者

当时，我知道了放在她肚子上的那个塑料袋，那就是她病了三天的缘由。它导致母亲出血，鲜血把她的床垫和浴盆都浸透了。我长大后才知道，那是我们的弟弟，我们把他扔到了垃圾堆里。吉米啊，你知道吗？我这一生都不喜欢爸爸，甚至不知道要怎样面对他！"

这是拉齐娅生前说的最后几句话，她说这些话时，仿佛是在承认自己犯下了滔天罪行，并且为此隐瞒了一辈子。一辈子都讨厌那个男人的，不只是我自己，为此，我还编造出一些莫须有的理由，于是，我更加厌恶他。我对自己感到诧异，很奇怪自己为何像母亲和两个姐姐一样如此厌恶父亲。她们是女人，我和她们不一样。

我已承担了属于自己的全部痛苦，因此，当我揭晓母亲临终前的谜底时，并没有感到太过惊讶，它是这个世界上可以获知的唯一合理答案。我从没想到过这个结果。我曾经在脑海中想象出所有可能和非可能的扭曲的场景，还杜撰出了或许连母亲都不知道姓名的主人公。这个主人公可能是她在学校的同事，可能是电表查表员，也有可能是可怜的欧洲棉花匠。这个棉花匠已经80岁了，就住在我家楼下，母亲一直很同情他。还有那个大肚子屠夫，他的店铺就在街角，他总是给母亲赊账，然后把肉递给她。每次看见我时，他都会笑得像白痴一样，我永远无法理解这笑容的含义。他还会用吸过大麻烟的嗓音大喊："早上好，医生！"于是，我放学回家后冲到母亲面前，对她拼命尖叫："我不想当医生，不要再叫我医生了！"还有动物园里的羽扇豆商贩，我记得他盯着母亲的绿色短连衣裙看时，两眼是如何放光、嘴角如何涌出好色的笑容的。还有我学校的那个校长，母亲曾经请求他给我们宽限一个月的时间交学费，求他在早晨出操时不要把我叫出队列，以免让我在同学们面前难堪。或许还有我们邻居的丈夫。那个邻居是个年轻的新娘，我们盼着她走出半掩的房门，好看一看她那件漂亮的丝绸礼服。那件礼服上面，装饰着很多小小的红色玫瑰花和大大的紫色羽毛。她不允许丈夫向我们问候早安，住在附近的所有的人都能听到她对丈夫的高声呵斥："哎哟，寡妇当然孤独了。你像所有男人一样，就喜欢做好事。也许哪天早晨我醒过来，发现我不愿看到的事情真的发生了，而且没法改变了，那就是你娶了她。不，我的乖乖，不要和她打招呼，永远不要和她说话。"还有我小学五年级班里同学的父亲，他来到我家，对着我母亲大喊大叫，指责我打破了他儿子的头，然后我奔向母亲的怀抱，让她保护我……

　　我不想到母亲的墓前向她道歉，请求她原谅我对她的胡乱猜疑，现在，我只想顺从自己残破的灵魂。不管怎么说，我并不是这个灵魂的缔造者，我对它的过分顺从，或许是我能对那名娴熟的国际象棋运动员施加的唯一惩罚。

*　　*　　*

　　鬣狗在去捕猎或去统率部落的旅途中，畜群间会进行相互搏斗或残杀，会有某只鬣狗因受伤虚弱而无力与其他鬣狗一同奔跑，于是，鬣狗群会丢下这只羸弱的同伴继续前行。然而当它们从旅途中返回时，永远都不会忘记依据精确的地图指引，找到同伴所在的位置，然后一口吞下它的残躯。

第四章

两个小时过去了,我读完了好多页。整整两个小时里,一切都静止了,我仿佛度过了一个世纪,只有她不时抬起头,注视着呼呼作响的风扇。我曾经读到过纳吉布·马哈福兹的谈话录,虽然已经不记得他是如何回答采访者提问的,但我对于写作仪式的问题印象非常深刻。我在考虑明天拆掉那个可恶的风扇。那个风扇上面的灯是用白莲花形状的高脚杯托起的,我可以找出任何理由,比如对她说:"我把风扇换成空调。"或许,注视着风扇旋转,就是这个女人的某种写作仪式吧。当工程师问我想把小摄像头放在哪里时,我心里想,我监控的目的只有一个,就是要阅读她的手稿。我不知道这个被我供养在家的女人,在我不在家的时候,整天都在做些什么。她坐在哪儿写她那些废话?她在哪儿休息,又和谁讲话?在回答工程师时,我完全说了谎:"我想知道我不在家时,家里发生了什么,我想监视家里所有的东西。"他刚好把其中一个摄像头挂在了她每天坐着的位置上方,那里成了一个死角,因此,我只能通过卧室里一只孔雀中隐藏的摄像头窥探一隅,这只孔雀是用来装饰衣橱边角的。在我到家前的几分钟之内,她来过这里吗?一阵手机铃声响起，唤醒了她和周围无声的沉默。她的手机开始在写字台上叮铃作响，并且闪着微光，连我自己都被吓了一跳，她也吓得一哆嗦，直接站了起来，仿佛是从突然打开的坟墓里站起来似的。当她想要回到椅子上时，差点跌坐在地上。毫无疑问，她以这个奇怪的姿势坐在高脚转椅上时，两条腿的肌肉一定是紧绷的。随后，她爬到了写字台旁，躺在地板上，张开两条美丽的大腿，大腿的褶痕都被我记得一清二楚。随后，她开始抬高并弯曲双腿，这个姿势大约保持了五分钟。随着她的动作升腾起来的，还有我的感情："我是多么厌恶这个女人啊！"煮茶器里的蒸汽正在袅袅升起，她像猴子一样跳起来，跑进厨房，把她写字的纸张全部忘在身后。但她很快就回来了，她把所有手稿收集起来，小心翼翼地整理好，重新坐下来，像当地面包店的师傅一样，从耳后抽出一根香烟。我确定这根烟是我的。我曾将香烟数量的持续减少归咎于自己吸烟过度，可事实上，我知道她在背着我吸烟，或是试图学着吸烟，然而我相信，如果与她之间开启这个话题，将会赋予她就此同我展开讨论的某种权利。我曾很享受看着她蜷曲在对香烟的迷醉里，同时，我又用奴隶制的观点大谈特谈这个社会对吸烟女性的看法，还有在社会认知中这类女人与妓女舞女的关联。她把香烟放在闪着可可脂[①]光泽的唇边，然后看向风扇的叶片，仿佛是在捕捉尚未写出的场景，同时从鼻子里喷出一缕烟雾。她是多么撩动人心啊！她没有看自己写的东西，而是直接把烟头扔进烟灰缸，然后转向我的书柜，平静地抽出一卷《一千零一夜》，把她的手稿放在里面。我用手拍了一下头，拍得额头发痛：我怎么偏偏没有在书柜里寻找她的手稿呢？这只虫豸会嘲笑我的智

---

① 可可脂可以作唇膏使用，具有很好的润滑保湿功效。——译者

商吗？她并没有把手稿刻意藏起来，而是随手把它们同最伟大的阿拉伯书籍放在一起，放在被我当作装饰品的大部头著作的角落里。她怎么知道我此生永远不会考虑再次翻开这些著作呢？想知道这一点，似乎很容易，因为我在家很少翻开任何一本书，只会在我的客人面前吹嘘这个书柜，她一定是看出了这一点。即使我需要回头翻看《一千零一夜》的某部分内容——鉴于我的极度吝啬——我会翻开客厅开放式书架上的廉价版本，而不是隐藏在书柜里的豪华版。这个书柜是由山毛榉和橡木制成的，它本身就是一个艺术品。这套书的前面有6毫米厚的茶色玻璃，玻璃后面摆放着从卢克索买来的花岗岩帆船，从威尼斯圣马可广场的码头上买来的坐着一对情侣的贡多拉，还有我从印度带回来的雪花石大象，雅典的维纳斯雕像，还有我从纽约带回来的著名的自由女神雕像。当然，在所有这些雕像中，居于首位的还是我从凯尔德萨[①]的市场上买来的黑色的埃及作家雕像。她十分小心地把一些纪念品烟灰缸和不久前刚破产的一家公司的宣传品钟表重新放回了原位。

　　她穿着短裤和敞开纽扣的宽松衬衫，听着《布兰诗歌》[②]的唱片，而且开到很大音量。她从厨房里抓起抹布和清洁液，随着歌声旋转着擦拭家具，仿佛她正置身于查理·卓别林无声电影中的某个场景。接着她在厨房消失了几分钟，一路小跑，把电话听筒放在座机上，随后又进了厨房。

　　一个小时后，她走出厨房，把那张我从未听过的CD唱片放回原处。她身上裹着浴巾，头发上还滴着水。她走进卧室，换上那件我偏爱的敞怀的蓝色睡衣，在双耳后面喷上两滴鸦片

---

① 埃及的一个城市。——译者
② 布兰诗歌：音乐家卡尔·奥尔夫的交响诗。

香水。在完成我今早便已决定好的计划之前,我将竭力抵御这香水的诱惑。自从她拿起电话听筒,开始坐下写作时,我就已经下定决心,要在刚一踏进家门时,就在她的脸上用力地扇打耳光。

* * *

在"安达卢西亚"报社,不再会有人去档案室,基本上也不再设有档案室了。我们吃肉丸馅饼和廉价的大虾三明治时,会把那些档案资料垫在下面。十五年前,我们把消息报道剪下来,认真细致地分门别类,然后将它们放在我们头顶上方的位置,因为我们确信,一定有人需要重新翻阅这些资料。在报社实施禁烟令以后,在有力人士的推动下,这间档案室变成了吸烟室。在这里待上一天,潜心思考主编策划的没有边际的选题,会让我找到灵感,写出一些热门的专题文章。直到今天,这些专题仍然是我们向其他报社夸耀的资本。如今,一切事物都呈现在互联网上,我完全确信,纸质媒体的消亡只是时间问题,我们将成为纸质媒体没落的见证者,那时,历史学家将会记下这份职业,提起它时,就像以前的人提起制作红毡帽的人,或是马木鲁克王朝时期敲鼓巡游宣布素丹即位的人,或是鸡鸣时候喊吃封斋饭的人一样。那些喊吃封斋饭的人仍旧游走在开罗夜晚的街头,不过,他微弱的声音常常会淹没在卫星频道纷乱的声音里,那些声音里,还混杂着喧闹声、舞女的笑声和一些靡靡之音。每天都有上百名读者在博客中写下热门文章,他们比那些职业作家更具禀赋和勇气。自我学会阅读起,这些职业作家的文章就已经发表在各种国有的、反对派的或是独立的报纸与杂志的专栏和角落。我知道，如今没有人会阅读他们的文章，我也知道，连他们自己都不会读同事写的东西，除非有人在一行或两行文字中提到了他的名字，这时他会赶紧把这份报纸或杂志找出来，将它珍藏在书房里。那些看不到这一切正在走下坡路的人，其实是自己的视力出现了严重问题。那些高级记者们现在正急于寻找不会消亡的职位，比如政府机构或是国际组织、大使馆及国有报社海外分社的一些重要职位，而小人物们则开始越来越多地在电视台预订席位，努力把写作转变为口头交流。他们当然不会广而告之自己的先锋作用，也不会有那么一丁点儿勇气来承认这一点。

易萨姆·辛瓦尼正在调查部门的会议上尖声尖气地大喊大叫，仿佛他从我们的脸上看出了这种确信：

"兄弟们，你们正在努力毁掉这个职业。一篇调查报道从头至尾没有一个词出自记者先生之口，这是什么意思？是因为记者大人把语言节省下来为其他报纸写晦涩的专栏去了吗？而那些报纸卖三百埃镑也不会有人看的。你们中有谁知道吗？我们的报纸成了蠢话的箩筐，那些话就像是随便选定的老百姓的代表说出来的。先生们啊，读者们记住的都是看门人哈桑·阿布杜勒·萨布尔①、哈帖木的妻子、哈拉姆地区的服务员和金字塔报停车场经理的话……"

接下来，他大声喊道：

"兄弟啊，你，还有他，你读了两个有用的词，之后就形成了某种观点，写在调查里，再从中提炼出结果和建议，就这样把它当作你的调查结语？兄弟啊，你们用来支撑调查报道的事实和论据甚至根本不存在！兄弟啊，你，还有他，如果你们不

---

① 这里是嘲笑哈桑的文字像看门人说出来的语言。——译者

是一直打电话、依靠电话内容写出调查，而是真的走上街头，那会有什么结果？"

这几个月，他经常去外地治疗前列腺癌，药物使他神经过敏到了无法忍受的程度。丽莎在她面前弯下腰，翘起她声名在外的臀部，递给他一粒药片，他一口吞下药片，对她一扬手，表示她可以走了。他朝她身上瞥了一眼，那轻蔑的眼神，同男人给一个妓女支付了多于她应得酬劳的费用，然后马上和她分手时的目光如出一辙。他在想，她现在要去找那些身强力壮的男人了，这可以让他们继续提升她的地位，继续提高她的阶层。

两周前，他曾在人事主管面前大吵大嚷，试图把她调离他的办公室。后者一边仔细倾听他说话，一边看着他对女记者们别有意味地眨眼暗示，而男同事们则不好意思地把脸转向了另一侧。人事主管清楚，易萨姆·辛瓦尼永远都不会把她和她所承载的秘密调走，即便他死了或是从报社离职。当然，他是不可能从报社离职的，在埃及，绝对不会有人放弃自己的职位。因此，他试图安抚易萨姆·辛瓦尼，不让自己为执行易萨姆·辛瓦尼的冲动决定而进退两难。他继续说着什么，那些听到叫嚷却并不了解事情原委的人，感觉他的话就像是奇怪而徒劳的答复，比如说："我发誓，先生，一切都会好起来的。真的，我希望一切都会好。好的，就按你说的办。"一名女同事在哈桑·阿卜杜勒·萨布尔的耳边幸灾乐祸地咕哝说："哦，天啊，这个男人就算只是见到她，都已经无法忍受了。"

这是我第一次感觉到心脏刺痛，我觉得左肩和整条胳膊都很沉重。我观察着易萨姆·辛瓦尼，仿佛他是无聊电视剧里的主人公。我不时心不在焉地朝他瞥上一眼，同时，眼前浮现出《一千零一夜》中的一个场景，和那个有魅惑酒窝的女人手稿中写到的场景有关的内容。我应该把她的手稿在传真打印一体机上一页一页地复印下来。如今，传真机已经可以归入历史记忆，平日里，我都是用电子邮件与人通信往来，只把传真打印一体机当作打印机来使用。我从没留意过心脏的刺痛，也从没注意到自己心脏病的历史始于开始阅读她的手稿的那一天。我吞下一片阿司匹林，飞奔回家，把她写的不超过九十页的手稿复印了一份。她的字很漂亮，字体很大，像是画出来的，和我在垃圾桶里发现的纸片上的字迹一模一样。我克制着，不让自己去看手稿，复印之后，再把手稿放回原处。我从家里逃出来，把手稿藏在她唯一触碰不到的地方，就是我的车里。这一切动作，都要在拉齐娅把我那个一直在写作的可恶女人送回来之前完成。我那个可恶的女人在写作，而我为了读她写的东西，一直在监视她。

丰盛的大餐已准备就绪，它似乎出自一位深谙女性栏目和厨艺频道的女士之手，这位女士今天又写东西了没有？我还没有找到时间去看我的摄像记录，今天人民议会营私舞弊的选举结果公布之后，我在报社里一整天都像一只打蔫的公鸡那样萎靡不振。餐盘中，我喜欢吃的酸奶沙拉装饰着胡萝卜做成的玫瑰花，茄子酱也装饰着绿黄瓜做成的小鸟翅膀。那么，这个女人究竟是什么地方激怒了我？是什么让我身为她的丈夫却不能猛扑过去，在她美味的笑脸上狂吻一番？她不停地唠叨着拉齐娅家里发生的事，高声笑着说：

"拉齐娅想为她家的别墅花园买一只护卫犬，但是你知道，赛义德一直在大呼小叫，说肮脏的狗的影子会破坏小净[1]，然

---

[1] 穆斯林小净时，洗手到肘，洗脸，洗脚到踝，抹头。——译者

后不停对她嚷着：'为什么你的狗在家里和花园里什么都摸？太太！'"

她试图用她长笛般的声音模仿赛义德，但是没有成功，因为赛义德的声音深沉嘶哑，像极了小时候我家旁边一家餐馆里一直扰人的杵肉丸的声音。我突然明白了为什么我和几乎所有的人都很喜欢我妻子的声音，为什么她的声音如此与众不同：说到底，它不属于我生命中所体验过的任何声音集群，不是器械的声音，不是人类的声音，甚至也不是大树的低语或小鸟的鸣叫声。她的声音是独一无二的，因此，即使她的声音静寂下来，我们也会不约而同地侧耳倾听；即使置身于人群中，我们也会被这种珍稀的声音所撩动。

我盯着她的脸看了很久，好像我第一次见到她似的。对于她说的话，我没有发表任何意见，一个字也没有说。她仍然在喋喋不休，发现我根本没有和她一起讨论时，便沉默下来，继续安静地吃饭。突然，她的眼中再次闪烁出那种凝滞的光亮，那种眼神，我曾在摄像头里观察过整整十分钟。她拿叉子的手停留在送往嘴边的半空中，叉子上还插着一块肉，仿佛她是电影中雷打不动的女一号。她看着我的身后，仿佛我是一片虚无，就像我不存在而且从未存在过似的。我的女人此刻也在写作吗？她在我背后看到了一些场景，要继续把它们牢记在心，以便我不在家时再把这些场景写出来吗？她悬在半空的叉子与我的距离之间，充斥着隐蔽在繁茂树枝后面的骑士们，他们正朝着闪亮的泉水行进，从四面八方把泉水团团围住，然后他们开始鞭打一个身穿黑衣的女人。那个女人在不停地尖叫，不时转头看着她的族人们，而族人们被砍下的头颅正在漫天飞散：

"我不是对你们说了吗？我看到一棵树向你们走过来[①]！"

一名骑士剜出她的蓝色眼睛，用利剑检查双眼的血管，发现这双眼睛的颜色是近乎偏蓝的深黑色。他们的头领大喊道：

"因为这个淫荡的女巫滴了很多眼药水。"

接着，头领把她的残躯扔给部下，要求把她钉死在十字架上，然后继续前行，去砍下更多族人的脑袋。

我几乎听到了从远处传来的刀剑相击时的铿锵声和男人们脖颈断裂的噼啪声，于是我颤抖着责怪她说：

"喂，你去哪儿了？你是没有听见我说话，还是疯掉了？我已经和你说了一个小时了。"

她相信我刚才真的在和她说话，更令人吃惊的是，她相信在过了一个小时之后，我们面前的食物仍然是热的。我没太听清她在说什么，只知道她在道歉，眼睛里噙满了泪水，于是我很费解：她的这些泪水是因为我对她出言不逊，还是因为她没能理解我刚才说的话？我很清楚，当我们共同面对不可抗的打击时，我的无能为力和她的这种无力感毫无二致。抑或这充沛的泪水是因为她刚才把叉子悬在半空写作的缘故？

* * *

十天前，哈奈因为和丈夫生气而住在了母亲家，因此，除了胡夫金字塔脚下，我再也找不到其他安静的地方可以阅读她的手稿。尽管今天的温度或许达到二十度，但是天气宜人。我转向金字塔背后，在远处找到一个被弃用的地方。我就像是热恋中的男孩，为了能得到一个亲吻，便带着女友逃离行人的视

[①] 这里指贾希利亚时期著名女诗人泽尔卡·叶麦玛。

线。我赶走了数十个流动商贩，他们在兜售廉价的假冒纸莎草纸、五颜六色的石膏塑像、带香味的手帕和瓶装矿泉水。他们会讲一些趣闻，并且围追着外国游客，熟练地说上几句一成不变的外国话。当一个卖纸莎草纸的小伙子对我死心后弃我而去时，我快要笑死了。随后，他跟在一个金发碧眼的姑娘身后，奔跑着大喊："布赖齐耶迪夫什开！"[1]我很好奇，他可能既不会读也不会写，又是怎样学会俄语的？我把一名小姑娘牵拉的年迈老马赶走，惊讶地想：以前竟然没有人注意到，他们所有的人都很像阿肯那顿[2]，仿佛刚从法老寺庙的墙壁中走出来，贪恋于这些奇怪的职业。我赶走了装饰着产自凯尔德萨的鲜亮的红黄色地毯的骆驼，也赶走了灵魂中可怕的平静。这种平静把身体挠得咯吱作痒，使心灵与精神兴奋不已，几乎要让这灵魂的主人放松下来，臣服于对妻子的爱恋，将自己的怨恨、确信和黑色精液抛向沙丘，而后重新开始。然而，我决定把带毛皮内里的毛衣的拉链一直拉到脖颈。我赶走脑海中的一切念头，看着我头顶上方太阳的温暖光芒，闭上双眼，几分钟后，我睁开眼睛，开始阅读她的手稿。

* * *

我是一名血统混杂的阿拉伯女奴的后代。不知出于什么原因，这名阿拉伯女奴想要把她的故事一代一代传述下去。一千四百年之后，这个故事传述到我这里，历经的条件十分复

---

[1] （姑娘，劳驾）是俄语。
[2] 古埃及第十八王朝法老，他在位时期，以宗教改革为名，强制推行对太阳神阿吞的崇拜活动。——译者

杂，以至我在整整五年的时间里一直在思考：我要把它传述给谁？它究竟意义何在？一旦我在早晨将它淡忘，到了晚上，这个问题就又在我的脑际萦回。这名女奴就是故事的主人公，故事讲述了她踏上旅途的种种细节。她的一生几乎都是在旅途中度过的，没有人知道她究竟活了多少岁。那时候，女人的年龄是以女人脸上的皱纹计算的，那是时光日复一日刻下的痕迹。女奴在旅途结束时碰巧遇到自己的外孙女，便把这个故事讲给她听，而且，她叮嘱外孙女，只能把这个故事再讲给她的孙辈，条件是：这个孙辈必须是她女儿的女儿，而不能是她儿子的女儿。女奴还叮嘱外孙女说，无论哪个外婆，只有在确认自己还有三天离世的时候，才能把故事讲给自己的外孙女听。几个世纪以来，那些曾经的外孙女、后来的外婆们说："女人是没有树冠的树根，所以，为了避免这个故事只在同一个家族中反复流传，应该把女人们分派在所有的家族里。"几个世纪以来，那些曾经的外孙女、后来的外婆们猜测说："那名外婆希望通过这种方式，避免让这个故事传述到部族男性的耳朵里。"几个世纪以来，那些曾经的外孙女、后来的外婆们说："她们根本不理解太祖母旅行故事的教训，也不理解她强调这个故事传女不传男的必要性。"但是纵然如此，她们依然把故事一直传述到了我这里。从传述条件的复杂程度来看，这是多么难得啊！二十五年前，确切地说，是在我结婚前一年、外婆去世前三天，当外婆选定我作为传述人时，我其实是在恼怒又淡漠地听她讲故事。那时的我正沉浸在莎士比亚的诗句里，一边不时擦去她溅出的口水，一边抑制着内心的愤怒，以免对她嚷出来："我不想听这些无聊的废话！你快带着你的故事和你疯狂的女奴到地狱里去吧！我不想听你关于恋爱的廉价忠告！我不想要一个无知的疯癫女奴把我守护在她的帐篷下！据说她是一名女巫，她的族人已经厌烦了她在空中释放的灾难，因此想要在沙坑里烧死她。我不想要你嘱咐我把这个恶心的故事传述给我的外孙女或是任何人！"但我什么都没说，只是一连两个半晚上都在听她讲故事，讲到结尾时，我的外婆去世了。听完所有情节以后，我对自己断言，一旦外婆咽气去世，从这些令人作呕的场景中解脱出来时，我就会忘掉这个故事。当时，我不是很理解，那些战争与爱情或者鬣狗之间有什么关联，当然，我也不知道为什么会发生战争。然而，令人惊讶的是，将近三十年之后，这个故事重又回来，残酷地对我纠缠不放。我逐字逐句地回想故事的内容。外婆讲故事时，不时地喘息，还要大口换气，仿佛要把房间里所有的空气都吞下去，才能把故事讲完。除此之外，她的讲述全无中断。那段时间我一直在想：经过了几个世纪的传述，有哪些内容已经遗失？又有哪些词语已经消亡，或者已被其他词汇取代，好让一代又一代的外婆们能够发出这些读音？为什么有些词语尽管很难发音，但经过几个世纪的挣扎却仍然存留下来？这些有关帝王将相的传说当真还没有被时间遗忘吗？一代又一代的外婆们在提起这些话题时都会心怀愧疚，不愿去讲述这些有辱圣名、伤天害理的故事，我外婆在讲述这些事情时，也表现出战战兢兢的样子，仿佛马上就要遭到现世报应一样。想到可能无法讲完故事，她突然惊恐万分，两只眼球突出，脖颈上的血管鼓起，几乎要爆裂开来。随后，她平静地看着我，目光中透出的那种信念，就像置身于大海中央，被凶猛的漩涡吞噬，但知道自己必将抵达海岸的人一样坚定。

现在，我理解了外婆们的那种迫切心愿，即使并不明白故事的内容，她们每一个人也要在临终前忠实地执行遗训，把它传述下去。现在我知道了，讲述这个故事几乎成了世代传承的一种诅咒，外孙女们只有把它讲述出去，才能得到救赎。几个世纪以来，外婆们说："外婆的后裔有……泽尔卡·叶麦玛①、阿巴萨、山鲁佐德、农夫的女儿苏佳赫、萨拉玛·盖斯、屠夫的妻子乌姆·萨尔玛、爱米娜·拉姆里娅、女歌手百佳莱、图赫法·贾希黛、佳图·赫利和凯莱白·穆莱特·塞齐夫②。"我把时间重新排序，以便仔细研究家谱中的每一个人。可是我发现，讨论活跃在诸多世纪的时代更迭里的那些外婆，本身就很徒劳。那些曾经的外孙女、后来的外婆们说，她们梦见她手握赶羊棒威胁她们，要她们执行她的遗训，把故事传述下去。我当然从没在梦里见过那个女奴、也就是外婆们的老祖母讲述故事，外婆去世后，我甚至从没梦见过她。到了这个年纪，我确信自己已经无法生儿育女。我一直在想：她的遗训是怎样顺利保存一千四百多年的？这些年中，难道这个外婆就没有过只生男孩的外孙女？这个外婆的某个外孙女难道就没有嫁给一个不能生育的男人？在我之前，这个外婆难道就没有过一个不能生育的外孙女？难道几个世纪以来，这个外婆就没有过一个样貌丑陋或者气味腥臭的外孙女，让任何男人都无法靠近她，去闻她的气味或是敢于看她一眼，更不用说与她结婚？难道几个世纪以来，就没有哪个外婆在外孙女还没有长大到能够倾听她的故事之前就去世？外婆开始讲故事时，我曾问过她这个问题，她用略带讽刺而神秘的语气低声说："姑娘啊，女人有她独有的道路，那条路除了她和魔鬼，谁也没有踩踏过。"事实上，在她不容争辩的厉声断言中，我已觉察出，这确确实实已经发生

---

① 贾希利亚时期的一位女诗人。——译者
② 上述外婆的后裔均为阿拉伯历史上的女性名人。——译者

了，不然，像她这样完全不识字的文盲，怎么会知道这个故事呢？她能说出阿拉伯字典里的一些词汇，这些词汇有些已经弃用了，我还要给她纠正读音。我在大学课本里学到的逻辑，看来得找一堵墙猛撞。由于这个故事不分昼夜地萦绕于怀，我必须相信，自己将是最后一个讲述外婆故事的人，也会是第一个违背遗训传述方式的人。如今，人们已经创造出多种方式来传述故事，而不用通过外孙女来口头讲述。我愈加确信，在这个据说是同一世系的家族中，我会是让这个奇怪故事戛然终止的那个人。

  过完四十六岁生日之后，我对生儿育女完全丧失了希望，于是开始穷思极想所有的可能性：从孤儿院收养一个女孩，或者从垃圾堆里捡走一个女婴。这些女婴是那些生活在痛苦、贫穷和罪恶中的女人流落街头、孤苦伶仃时生下的私生女，出生后就被母亲送进孤儿院，或者扔进清晨的垃圾堆。或许，我还可以盼着自己的丈夫纳妾，再生下一个女儿，若干年后再说服自己相信，我就是她的外婆，好让我从故事的传述中解脱出来。我不知道这个故事是从什么时候开始把我从美梦中唤醒的，仿佛它被写在我此前从未注意过的某份手稿上。那些文字清晰可见，我甚至可以把它们背记下来，没有任何修辞、卷展[①]和回旋，甚至有些无聊。它的语言令人痛苦至极，就好像一个在宾馆房间长久独居的女人，听到隔壁传来云雨之欢的呻吟声。简单来讲，这些文字一直鞭挞着我，让我无法解脱，所以，我只能拿起笔，将它记录在纸张之上。

---

  ① 卷展法，阿拉伯语中的一种修辞方法。——译者

鬣狗之旅

我不记得是在哪里或是从谁那里听到的这个故事，姑娘啊，当骑上我从布尼·杰哈什家的牲口圈里偷来的母驴的时候，这个故事就一直萦绕在我的耳畔。我努力和身后那只山羊保持一定距离，把它系在母驴的脖子上。如果它从我身边逃走，我就喝不到羊奶了。我决定把这些羊奶当作整个旅行期间唯一的食粮，此外，我只有路上发现的一些干椰枣可以吃。在安拉的帮助下，我会找到中凹的岩石，让我可以在上面喝水。如果这只山羊在旅途中死掉了，我一定还会找到某只牛羊的乳房来喂我。我的包袱里只有一件围腰布、几张大饼、一捧盐和我从路过的最后一口井中汲出的一皮囊①水，还有一个黑色预言。我不知道它为什么恰巧降示到我身上，那本应是传达给当事人的。

在寂静的清晨，我辞别布尼·杰哈什的家，叶齐德·本·奥萨吉深沉的声音在宣礼的尾声中沉寂下来。姑娘啊，在比拉勒以后，我再也不喜欢听宣礼了。人们争先恐后跑上讲台，拥有深沉声音的人通常会胜出。我进入沙漠，面朝星辰，朝着库法②的方向行进。我应该穿越沙漠腹地来到鲁布黛、菲达、赛阿莱比、

---

① 指盛水、酒等的皮囊、皮袋。——译者
② 伊拉克城市名。——译者

阿赛维德和齐卡里①，再从齐卡里到达库法，我将走的那条路，和在我之后伊本·伊玛目选取的道路是一样的。路途开始时，我能清晰地听见自己的呼吸声，它在反复述说那个耳熟能详的故事，不知从何时起，我已经把它熟记于心：很久以前，一位美丽的公主和她的爱人一起生活在森林中僻静的宫殿里。人们有时说她是罗马人，有时说她是埃塞俄比亚人，也有时说她是埃及人，尽管据我所知，埃及是没有森林的。不管怎么说，重要的是，长久以来，公主在这座乐园里过着幸福的生活。有一天，公主醒来时发现她的爱人没在身边，于是她光着脚跑向森林，看到一个漂亮女巫正在身后拉拽着她的爱人。公主跟在他们身后，一直追到森林尽头，又跟随他们的足迹来到沙漠腹地。她历尽千辛万苦，狂风扯碎了她的丝绸衣装，沙土吹干了她的秀发，炫目的太阳撕裂了她鲜嫩的脸庞，但是，她仍在继续前行。因为疲乏，她闭上了双眼，于是迷了路，遗失了他们的踪迹。睁开眼时，她惊恐地发现，道路的尽头令她惶惑不安，她意识到自己已经大难临头。一只说着阿拉伯语的乌鸦向她提出，可以给她指路，把她带到爱人的地方，前提是用她甜美的声音做交换。她高兴得拍手喝彩，立即同意把自己麻鹬般的声音换给乌鸦。她带着乌鸦的声音跟在它后面行进，加快步伐追寻他们的足迹，一直来到女巫居住的洞穴门前。这时，女巫已经重新变回了白发苍苍的老妪，

---

① 鲁布黛、菲达、赛阿莱比、阿赛维德和齐卡里均为地名。
——译者

公主没有认出她，同意交换自己的青春，让老妪把她带到爱人面前。就这样，她衣衫褴褛，带着满头的蓬乱白发和一口碎烂发黑的牙齿，来到她的爱人面前。爱人已经被施了妖术，面色憔悴而悲伤。公主站在再次变回美貌的女巫身旁，试图用乌鸦的声音向爱人介绍自己，可是，他拒绝相信面前这个丑陋的老太婆是自己的爱人，公主当即死在他的脚下。在她死去的一刹那，她又变回了美丽的模样，女巫也重新变回了丑陋的容貌。爱人在女巫的狂笑声和乌鸦的哇哇叫声①中一直扇打自己的耳光，后来，他也倒落在公主的尸体上死去。

姑娘啊，我没法给你讲述故事的细节，通常有些事情我是记不清楚的，但是我要对你说，你要和我一起回到你家里，依附于男人们没有任何好处，他们总是不停地编造各种侵略的理由，朝着安拉或是死亡的方向奔跑前进，一会儿是因为战争，一会儿是因为圣战，一会儿是为了得到更多女人。我们跟在他们身后奔忙，收获到的，却只有忧伤。

我要试着从头给你讲讲我的故事。你是我的外孙女哈吉尔，是我的女儿哈巴巴的女儿。她出生后的第十天，我曾用一块磨得很光滑的滚烫石头在她的肚子上烙下了她父亲的名字：欧麦尔·本·欧迪。伤口愈合后，托靠安拉的关怀，我把她放在布尼·欧迪家门口。她出生后，我对她的天生丽质感到万分惊诧，甚至怀疑安拉如何能将植根于我的容貌变得如此美丽。

---

① 阿拉伯人迷信乌鸦叫是预示妻离子散的凶兆。——译者

我深知，无论那些部落的男人们多么粗暴无礼，他们也不敢活埋或杀死这个拥有天使般美丽脸庞的女婴。你的外公欧麦尔·本·欧迪在一年当中的七十五个形形色色的夜晚里，都在耕种着我。在那期间，他修剪我的丛林，雕刻我难看的没有被放过牧的草场，让它变得更漂亮；他打开我皮肤的毛孔，让我置身于柔软的茉莉花瓣中；他每次都把我被揉混的淤泥夷为平地，让我的身体变得十分平坦。他喜欢把我的肢体拉平，他的口水会吻遍我的骨盆、大腿和脖颈，让我知晓自己的身体如山顶的拂晓般香甜可口。然后，他像用剑刺穿母羚羊那般冷酷和猛烈，孜孜不倦地挖掘我的深处。他无休无止，直到几乎把我的灵魂从身体里连根拔起才会满足。他似乎总是希望用手掌攥住我的灵魂。我们在一起的最后一个夜晚，当我试图索回灵魂时，我意识到，它正舒适安心地躲在他的手心里。每次他骑在我身上的时候，我都希望这一切结束时，我能变成他的一根肋骨并放松下来。可是，没等我的愿望实现，他就会从他的身下摆脱我，一边用紧握的双拳扶正他的斗篷，一边用惊惧的双眼看着他的掌心和我的眼睛。我赤身裸体地跳到他身旁，意识到我们的爱情已经结束，于是不停拼命尖叫："不要！"他平静地说："女人，我将追随那些男人们去参加安拉的圣战。"那天夜晚，我似乎只从这些话语中听懂了一个词：不。我没有对他说：为什么至高无上的全能的安拉还需要男人们去保卫他？我试图挽留他，抓住他的长袍的衣角。他转过身，像踢走魔鬼一样一脚把我踢开，还瞪大眼睛，咬牙切齿，我从他的眼中看到了即将到来的火狱。他把一只脚踩在我的脖子上，想要就此了结我的性命，对我吼道：

"女人，永远从我面前滚开！如果让我再一次见到你，我就把你的脑袋从身上砍下来。"

我知道，这是他现在必须要做的事情，不然他为什么紧紧握住我的灵魂，然后把我的身躯抛在泥沙上，任由它在上面打滚，却只能发出焦灼的相思的呐喊？我试图跟在他身后匍匐前行，但是他渐渐远去，变成一个巨人，在漆黑的夜晚，用他那握满我的灵魂的熠熠发光的手掌堵住天际。整整七天，我一直坐在旷野中的帐篷后面，像母亲刚把我生出来时一样赤身裸体。在太阳和月亮的交相辉映下，我在等待升入乐园或下到地狱，此刻对我来说，这两者并没有什么不同。然而我没有像在祷告中所希望的那样就此死去，而是被一个我不知道的东西击中。那个东西似乎是一颗从高处坠落的星星，于是大地在我面前裂开，里面走出来的，既不是人类，也不是精灵或植物动物，而是一块没有相貌、说着标准阿拉伯语的泥团。它用致命的皮鞭抽打我，这皮鞭无论落在何处，都会烧灼皮肤，切碎血肉，就像一把有毒的剑。过了这么多年，在我已经残破的身体上，你依然能够看到皮鞭的印记。这个生物在不停咆哮，并且重复说："你应该赶快告诉穆斯林们：一旦这个民族的一个教长被杀害，便会爆发无休止的杀戮和战争。这个民族黑白颠倒，教长死后，人们便会分帮结派，不分是非，民众也会乱作一团,混乱无序。①"

我遮住裸体,走进帐篷,感觉自己正在被欧麦尔·本·欧迪的身体覆盖,仿佛他将永远与我贴合在一起。与此同时,他还盗走了我的灵魂。我决定追随他,好把我听到的秘密都告诉他。我也决定遵从我的命运,它就像我唯一耳熟能详的故事中的公主的命运。我在为自己准备行装,以便迅速启程,同时,我意识到,我已被一个崭新的灵魂附体,这并不是那个被欧麦尔·本·欧迪攫取在手掌心的我熟悉的灵魂。我像疯子一样,不停地重复说:"是的,是的。我只想去库法,我的爱人正行走在那片土地上。"我将和他携手到老,不会更换人生伴侣,直到人们把我埋葬入土。如果我找到生活的坦途,我将告诉他生活是什么。

我眼前的一切清晰可见。这片安拉的土地上的所有细节,包括残破的宫殿和倒塌的法老寺庙,都在我眼前一览无遗。那些法老们为了捍卫多神崇拜,变换出各种花样来捣毁先人的遗迹。我注意到,这片土地上的昆虫和有毒的爬行动物都远离了我,它们不会伤害我,仿佛我对生命中的一切伤害都具有了免疫力。无论我走到哪里,天空中的兀鹰和猛禽都会在我头顶上方排成一个大圆圈,并且一口吞下那些试图靠近我的生物。我知道自己变得能够从过去的事件中看见我想知道的景象,也能够预见未来发生的一切。现在我将知晓我的密友"她父亲的女儿哈巴巴"的命运。安拉啊,当我还只是布尼·欧迪家的一名女奴时,就一

---

① 《历代先知与帝王史》一书中所记载伊历34年发生的事件。

直想知道我的朋友哈巴巴的命运。她后来受到咒骂和驱逐，消失在了沙漠。当我被新的灵魂附体，能够看见这片大地上发生的事件时，她便出现在我眼前。我目不转睛地看着太阳照射的地方，观察那些正在噬咬她的鬣狗，把她吃得只剩下了骨头。我无法相信自己看到的一切，于是定睛细看，却惊恐地发现那些鬣狗再次一片一片地掰碎她的肉，一滴一滴舔舐她的血，而她仍然活着。我确信这是真真切切发生的事实，我的双眼因为她而恸哭，并且变成了白色。我哀号她的坏运气和我的命运。我盼望她归来的希望落空，沙土上不再有她的踪影，这片大地变成了撒落她的尸骨的地方。她甜美的脸庞从我眼前消失，只留下堆叠在大地上的发黄的头盖骨，随后，鬣狗们把她残存的纤细尸骨撒向了地面。

我决定忘记自己这个悲伤的名字"罗马人的女儿萨巫黛"，我要变成部族里的"她父亲的女儿哈巴巴"，我的族人此前从没见过她。尽管我十分丑陋但她异常美丽，尽管她与她的声音珠联璧合，会让人们赞美创造出她和她的声音的造物主，而我的声音却像被穿透的羯鼓①的声音。她的鼻子甚至会吸引女人们去亲吻她，而我的鼻子，姑娘啊，正如你所看到的这样，就像是枣椰林里没有栽种成功的干瘪的枣椰苗。她的一双乌黑的杏仁眼像星星般闪闪发光，而我的眼睛，姑娘啊，正如你看到的这样，它们虽然也是黑色，却暗淡无光，而且眼睑红肿。她的皮肤如同在白色丝绸里

---

① 旁边附铃的单面小扁鼓。——译者

融进了淡红的底色，我的姑娘，你不可能每天都遇到这样的皮肤，可我的皮肤既不是白色也不是黑色，而是微黑的。若不是罗马人喝醉酒失去理智，是不会生出一个埃塞俄比亚小女孩的。哈巴巴瀑布般的秀发仿佛是柳树垂悬下来的繁茂枝条，而我的头发，姑娘啊，如你所看到的这样，就像是枣椰林里的枣椰树叶，连我自己都讨厌去触摸它。她的美貌如今已经荡然无存，我日日夜夜在这里看到的，只有她的尸骨。姑娘啊，时光真是个讨厌的东西，它那宽大的火山口经常吞噬许多像她一样美丽的姑娘，却从不饱足。没有人知道罗马女奴是在哪儿或是如何或是和谁生下了这样一个异常美丽的女孩，于是，人们给她起名为"她父亲的女儿哈巴巴"。她从小就同男人们比赛吟诗。当她弹起冬不拉时，人们只会注意倾听她一个人的声音；当男人们无法赶上她时，就会猛扑向她，同她交合，还用穿着鞋的脚踢打她，但是，她的诗歌却变得更加动人，她的声音也更加甜美，她那被男人殴打和侮辱的身体变得更加圆润美丽。后来，那些男人们愈加无法忍受，便说："灾难的蔓延，就是因为她到处吟咏诗歌。"她的声音如同充满魅惑力的巨蛇般缠绕在诗歌语言的字母上，时而伸展，时而平铺，让恋人们心甘情愿地投向死神的怀抱。一天，萨赫拉·本·布尼·麦赫祖姆的一名女奴听到了她的歌咏。当时这名女奴正坐在自己的芦笛上，因为迷恋她的主人而忍受思念的痛苦。她知道主人此刻正在躲开她，压在他的一名罗马女奴身上，于是她把芦笛刺入了自己的眼睛。芦笛从这个女奴的脑后刺穿出去，她却没有发出一声叹息。与此同时，那名罗马女奴也听到了哈巴巴的歌咏，她不顾萨赫拉的欲火，把他从自己身上推开，一丝不挂地跑向骆驼群穴，那是她所迷恋的埃塞俄比亚奴隶穆奈齐尔睡觉的地方。后来，布尼·艾什拉夫家族的首领买下了哈巴巴，把她从家里放出来。他很清楚她的声音会对恋人们产生什么效用，便平静地对她说："你自由了，姑娘，我放你出来，是让你为自己赎罪的，你离开这个家吧，安拉的土地很广阔。"他指向沙漠，说道："你往这个方向走吧，然后渡过海洋，你将抵达埃及。我们是心灵粗糙的民族，姑娘啊，我们粗鲁无礼，无法忍受你温柔的歌咏。"

哈巴巴无法停止歌唱，于是逃到了荒野中。人们知道，当狼停止嗥叫，鬣狗不再咆哮，或是高耸的枣椰林里的几串干椰枣低垂，不合时宜地贡献出果实，或是当风暴隐匿在某个地方，沙土依旧保持安静，仿佛在留心倾听人们不知道的声音时，那一定是她在歌唱。每到这时候，空气也会变得清澈，没有一粒沙尘，沙漠里的强盗脱去乔装时遮住口鼻的围巾，把鼻子朝向天空，仿佛在呼吸她的声音。人们说："星星正在贴近大地，仿佛是在拥抱哈巴巴的声音。"他们知道，井里满盈着水，必须考虑把满溢的井水贮存在哪里，于是，他们把井水周围的土地当成骆驼群休憩汲水的地方。他们知道，天空布满了微笑，这些笑容在雨水或纷纷滴落的泪水中闪烁着微光。他们发誓要亲眼看到黄色的山峦，这山峦正在白色云朵下重新排列山体的位置。如果从远处听到她的声音,他们会到云朵间捕捉爱人的脸庞。她的声音可以让风安静地拂过受伤的心灵,为它疗伤。当她的声音在静寂的夜晚休憩时,就连母亲怀中的婴儿也能听得清晰了然。他们发誓说,她的声音刚一发出,就把他们带到了人类此前从没踩踏过的顶峰,带到了善与恶相安无事并且并肩行走的小路上。他们爬上她的声音的绳索,这样便能面对面地观察天使。接着,太阳的光芒突然向他们靠近,他们便随着这光芒一同降落到被黑暗笼罩的湛蓝的湖水中,水面上映射出那些默默离开的人们的倒影,他们曾经历过失去,把高贵的悲伤留在了湖岸边。据说她的声音能够征服野花,在她开口歌唱时,就会把野花的香醇永远幽禁起来。她的声音会孕育出沉寂,如同夜晚孕育出白昼一般顺畅;在正午烈日炎炎的沙漠中,倾听她声音的人能够触摸到夜晚的清凉;她的声音会照亮黑暗的心灵,不必经过大脑或是心脏,而是直接渗入灵魂。她的声音在人们不熟悉的崭新的地方静止下来,仿佛变成了某种祷告仪式,在祷告过程中,人们只会心怀恭敬,好让这些声音继续前行,奔向光明的尽头。当这些声音消失时,人们就会从声音的太空中坠落,一边反复念着:"安拉……安拉……"当哈巴巴歌唱时,他们沉浸于从未听过的神鸟的鸣啭,迷失在试图重拾往昔荣光的飘逸的天籁之声中。当哈巴巴歌唱时,他们头顶上方空气的重量突然有所改变,于是他们开始准备某种隐秘的飞翔。他们的眼里闪出强烈的光芒,这光芒可以撕裂战败者的同盟，于是，他们巨大的痛苦变成了喧闹的笑声。在她的声音中，所有期待、热爱、困惑、焦灼和希望都转化成了呻吟的声音，这种呻吟能够轻而易举地让非生物获得生命，接着，在宇宙的大气中遣散天启光辉的瀑布，而在这光辉里，动与静正彼此平等地相拥其中。当哈巴巴歌唱时，山羊的叫声安静下来，骆驼群的咆哮声也变得温和起来。鹞①不再抢夺幼小的鸡雏，阿兹拉伊勒在最近的泉水旁休憩，很多孩童在学习射击时便幸免于死神之手，那些想要活埋女儿②的年长的老汉们，也因为这柔和歌咏声而泪水涟涟。

* * *

姑娘啊，辞别伍侯德山③和麦加④的山路之后，我应该用二十多年的时间穿越沙漠，以便更深入地了解男人们。我不断地观察他们，看他们如何像鬣狗一样在饥饿时彼此吞噬对方。我把他们被撕碎的肢体在大井中重新排列整理，在上面覆盖沙子，将它们送到造物主那里。几经思考之后，我悄声对它们说："安拉按照最美丽的模样将你们创造出来，对这份美的相思爱恋，甚至让女人们撕心裂肺，可是，你们现在是怎

---

① 鹞是一种凶猛的鸟，形体像鹰而比鹰小，背灰褐色，以小鸟、小鸡为食。——译者
② 阿拉伯人在伊斯兰教以前有活埋女婴的风俗。——译者
③ 北距麦地那7千米，海拔1200米，山石为红色。因625年穆斯林军队与古莱氏贵族在此交战而闻名。穆斯林阵亡者皆葬于此，并修有陵墓。——译者
④ 伊斯兰教圣地。——译者

么了?"

自从被什么东西击中之后,我就变得对任何事物——除人类和至高无上的安拉之外——都无所畏惧。我远离人群,走进废墟和荒地,变成荒野中的野蛮人。除了那些强行践踏我的人以外,我永远不再同任何人交合。我散发出乳香①的香气,在漫长的夜晚中躺在温热的沙土上,不知道过了多少个月,我就喜欢这样愉悦地睡去。毒蛇在我脚下发出嘶嘶声,它试图捕获一只小鸟,然后再把它吃掉,而这只小鸟正在专心致志地捕捉蝗虫,也想把这只蝗虫吃掉。狼时而掀开我被磨破的长袍,时而惊惧且颤抖地看着我的眼睛。我在沙土上画出咒符,狼便退到旁边去噬咬狐狸了。我悄声对埋伏起来凝神看着我的刺猬说:"这只狐狸今天不会吞下你了,亲爱的,你的生命被重新书写了,现在,你应该一口吞掉那条蛇,把我从这该死的蛇叫声中解救出来。"我的耳边刮起了狂风,在这荒芜的旷野中,风的声音清澈澄净,没有夹杂一丝水或树的声音。当狂风安静下来时,小山羊在远处咩咩地叫,我的灵魂就像我出生那天一样,留下一片空白。我只思考一件事,就是我在驰骋前行时肩上承载的萨巫黛的预言。这个预言如同我的身体一样,终此一生,我都会背负它前行。开始时,我一心想要去拯救那个攫取我的灵魂尔后离开的男人,现在,我已记不清他的容貌,但是,我却不得不将这个预言散布四方,

---

① 一种由橄榄科植物乳香木产出的含有挥发油的香味树脂,古代用于宗教祭典,也当作制造熏香、精油的原料使用。——译者

这片大地将会血流成河。荒野中的砾石、羚羊、兔子、狐狸、星辰和枣核都认识了我。我一人独居，心里只有欧麦尔·本·欧迪，他的身影一直挥之不去，但我并没有气馁。每当我走到他附近的时候，他们总是告诉我，他就在这里，接着，他便会跟在一群复仇者身后飞奔离去。后来他们告诉我说，进入麦地那①时，他们的召唤者呼唤道："谁守在家里不出门，他就是安全的；谁让我们远离伤害，他就是安全的。"②然后他们对教长的房子实施包围封锁，直到教长被杀死，他们才把他释放出来，由此，那个预言的前半部分已经实现了。我深信，它的后半部分也会变成现实。这个预言的剩余部分在我耳边萦绕，同时，旷野的山丘中不停回响着教长本人的语句："如果他们杀害了我，他们将永远不能一起祷告，也将永远不能一起抗击敌人。"③

得知只有努哈的乌鸦④回来，欧麦尔·本·欧迪才会回到我身边的时候，我扇打着自己的脸颊，撕碎衬衫领口，然后在这里逗留了很久，一直在相思与焦灼中号啕大哭。在我看来，中午与傍晚、淡水与变臭的死水、牛的哞哞叫声与猫的咪咪声，它们彼此之间已经没有区别。我训练自己，连续很多天不进食也不说话，饱受无聊与绝望的折磨，用自己受挫的意志和退缩的灵魂，练习医治那些患癫病的人、生活的逃兵、

---

① 伊斯兰教圣地。——译者
② 《历代先知与帝王史》一书中所记载伊历34年发生的事件。
③ 《历代先知与帝王史》一书中所记载伊历34年发生的事件。
④ 伊斯兰教故事中，当洪水来临时，努哈的方舟在朱迭山附近停下，放出乌鸦去打探消息，但是乌鸦没有回来。——译者

受伤的人以及对得到安拉慈恩感到绝望的人。在那些日子里，兀鹰和鹫的数量有所增加，这意味着荒野中腐尸数量的增多。兀鹰、鹫和猛禽跟随着他们的商队和军队，贪婪地觊觎着死者、病魔缠身者①、早产的幼驼②、精疲力竭者③，还有他们中的伤员。它们跟随着女人们，追踪着泪如雨下的她们和她们试图抵御孤独的命运。这些贪得无厌的兀鹰、鹫和猛禽吞下了太多战士，导致身体过重而无法飞行，连羸弱的人都能够捕获它们。我在沙坑里待得太久，从没换过斗篷，斗篷上面已经满是窟窿。同时，我却对眼见的腐尸感到无能为力，焦躁的心又开始孜孜不倦地回想起欧麦尔·本·欧迪，回想同他在一起的日子。对他的爱恋，让我备受煎熬。

　　当我选择以此作为职业时，他们带着帐篷、骑着骏马、挎着宝剑纷至沓来。通常来说，成功的职业往往是那些没有人愿意从事、很多人也无法胜任而且被人们嫌恶的工作。我的名声很快传遍整个旷野，到达沙漠中心，人们把我描述为"沙漠乌鸦"和"预见者"，有人称我为"追随腐尸的人"，也有人不公正地指责我为"鬣狗"。姑娘啊，他们自己不就是鬣狗吗？我在近处观察他们，看见他们的命运，我不断关注他们的

---

① 病魔缠身者（复数）：是病魔缠身的各类生物，指消瘦、即将死亡、无法活动的生物。取自贾希兹的《动物书》。
② 早产的幼驼：当还没有完全发育好而早产时，被母驼丢弃的胎儿。取自贾希兹的《动物书》。
③ 精疲力竭者（复数）：指精疲力竭的各类生物。取自贾希兹的《动物书》。

血管里喷涌的鲜血。他们不知道如何才能阻止鲜血喷涌，便这样说道："你看见这个灰头土脸、蓬头散发的人是怎样让他的民族四方离乱的吗？"我在心里悄声说："当这个民族战乱不休时，我会在猛禽的嘴喙前收集你们的骨头。"但是我继续跟在他们身后默默前行。我知晓他们所有人的结局，我记得安拉的使者对他家族中的部落精神有多么厌恶，然而，他们了解部落的外面是什么样子吗？并不是我选择了这个职业，姑娘，而是这个职业选择了我。开始时，他们试图把我赶走，仿佛我是一只得了瘟疫的狗，然后慢慢地，我们之间开始达成一个秘密的共识，就是我会埋葬他们，同时，他们会一边高声狂笑，一边带着嘲讽的表情倾听我的预言。我甚至可以记住他们著名的话语："比萨巫黛还要丑陋，比她的预言还要黑暗！"

* * *

我的名声已经横越沙漠，甚至传到了出家人的耳畔。一群女人折返回来，我不知道她们是何时或者如何找到我的。她们大多孤独无依，为自己的男人担惊受怕。这些来投奔我的女人，彼此境况相似，都陷入痛苦焦灼之中。其中一个女人抢在我前面说道：

"阿姨，我到你这里避难来了，我是逃出来的……"

在太阳的光芒中，我注视着她的眼睛，说起了我曾经说过几十次的话：

"是的,宝贝儿,正如他们在上空悄声告诉我的那样,你从一个男人逃向了另一个男人。如果这是事实,你把两个吃奶的婴儿留给他们可怜的父亲,只是为了跟着一个笨蛋私奔。孩子的父亲深爱着你,那个笨蛋却会让你在正午时分看到星星,会把你的余生推向火狱。当然,你的余生很短暂。他会责怪你爱上他,然后把你当作女奴拖拽到市场上,卖给像他一样的其他笨蛋,他还会用这笔钱给他心爱的姑娘准备彩礼。"

"阿姨啊,我的情况很糟糕,纵然这世界很广阔,可对我来说,它却很狭窄,甚至比针眼还要狭小。现在,我就站在你面前,任凭你对我做什么吧。我知道你手中有两个鞍袋,其中一个里面有晒干的青蛙腿、尼罗河的鱼眼睛、黑猫的血,还有从肮脏的山羊毛里提炼的药膏,从不知谁的木乃伊中提取的粉末,浸泡在橄榄油里的蠕虫和被焚烧的蜜蜂、狼的发辫,还有被晒干的兔子心脏。阿姨啊,请用这个鞍袋为我做点什么吧,好把一去不复返的理智送还给我。或者你可怜可怜我,对我做做好事吧,为我从第二个鞍袋中取出能够让我的心上人爱上我的东西,让他坚如磐石的心变得柔软一些吧,哪怕他只有一天爱上我,我也可以安心死去。阿姨啊,现在我生不如死。"

渐渐地,我发现那些盲目追随我的女人中,有一些人的丈夫和孩子在叛乱中被杀害,她们的家园也变成了废墟。我们这些人变得像在荒野中迷途的丧家犬一样,寻找可以让我们勉强维持生活的东西,让我们在白天不受太阳灼晒,在夜里不受大风蜇痛。白昼和荒芜的黑夜交替笼罩着我们的身心,我们由此变得性情更加粗暴,声音更加尖锐。我们长出犬齿,语言变得比阿拉伯人对敌人最卑劣的谩骂还要更加粗鄙。姑娘啊,谁会看出我们的艰难,谁会相信我们到了如此程度,已经变成野蛮的母狮?战争平息后,我们在黑暗的夜晚小心翼翼地靠近那些腐尸,开始埋葬他们,我们用行动接近安拉。我们已不再拥有充盈着乳汁的牛羊的乳房,不再拥有可以打扫的院落,不再拥有享用我们烹饪的美食的男人,甚至也没有用来烹饪的食材。我们把男人们埋葬起来,当然,在埋葬之前,我们剥去了他们手上镶着绿宝石的金戒指和手中的纸卷,他们本想把纸卷绑在信鸽的脚上或拿给信使,把它传递出去,以下令杀掉某人的儿子某某某。我们在干燥的柴火堆上烧烤山羊或是某只迷途的动物,那是我们在骷髅头堆叠的小山背后发现的。我们借着柴火的光亮,识读他们在纸卷上手写的文字,有时笑得合不拢嘴,甚至躺在地上仰天大笑,有时又会潸然泪下。很快,我们就会平静下来,好让读信的女人继续读下去:"如果你① 收到了我的这封信,就去杀掉欧麦尔·本·赛耳莱伯吧,或者……把盖斯·本·卡提白放在刺桩② 上,直到他死去,或者……我们的这名仆人已走投无路,让他去见安拉吧,或者……宰杀山

---

① 这里的"你"在原文中是第二人称阳性,指的是男性的"你"。——译者
② 是一种尖头木桩,古刑具。——译者

羊后再剥掉它的皮,会对它有什么害处呢?让曼苏尔·本·哈里斯更有尊严地安息吧,或者……切碎他的双手双脚,把他的头留给猛禽,让它们一口吞下他的双眼,我希望无论是精灵还是人类都认不出他,或者……你收到我的这封信时,让他从囚禁中逃出来吧,好让艾克沙姆的子孙们在旷野中捉住他,不要让他的血污染了你的双手。"

我们经过集市时,太阳已经升起。这里已经被毁坏殆尽。猛禽和飞鸟曾经在这里过着安乐的生活,如今,它们却掉落在顶棚上。集市里不再听得到人类的说话声、小山羊的咩咩声、骆驼群的咆哮和家畜的叫声。我们高声呐喊:"安拉啊……宇宙的主宰啊,所有这些都去哪儿了?我们是你的奴隶,却找不到可以吃的东西,我们并不像你创造的其他生物那样,可以吞食死尸的肉。"

接下来,我们在宅院里游荡,这里已经空无一人,从日出直到日落,乌鸦一直在不停地哇哇叫。我们只有在说着流利的阿拉伯语,并与或远或近的饕餮的乌鸦保持一定距离时,才会让从上面观察我们的那些人辨别出哪些是乌鸦,哪些是我们。从前,这些院落里的住户过着舒适安乐的生活,现在,我们翻看这里的碎片,只为了寻找一块干瘪的面包,或是连老鼠都嫌恶的随便什么食物。我听到其中一个追随我的女人在对另外一个人倾吐秘密:

"哎,但愿你认识这座房子的男主人。几天前,他像清晨的公鸡一样对家人大嚷大叫,说他要去支持安拉和真理了，不幸的是，包括他的家人在内的所有人都非常清楚，他此行的目的无非是敛获战利品、霸占庄园和俘获女奴。令人不可思议的是，没有一个人想要阻止他。"

"女人，说够了没有？你这个头脑混乱的女人。直到我们把他的脑袋埋进土里的那天晚上，他对这一切一直心知肚明。你知道吗？这些阿拉伯或是其他民族的战士，只是想追随自己贪婪的欲望，去获取战利品。"

那段时日，我的梦境中充斥着鬣狗的趾蹄、兀鹰的口喙和利爪，还有在我头顶上方下着骷髅雨的天空。其中一个骷髅走到我近前，我逐渐辨别出来，它是欧麦尔·本·欧迪的头骨，于是飞奔而逃。它在我身后几法尔萨赫①的距离外紧追不舍，在丛林、岩石和山丘后面寻找我的踪迹。它时而在沙土中打滚，时而掸去自己的毛发，睁着赤红的眼睛，垂下黑色的舌头，吐出我听不清楚的话语。接下来，蛇发出嘶嘶的叫声，刺猬一口吞下蛇的一半身体。我想转身逃走，但最终被蛇控制住。它伏在我的脸上，用恐怖的嘶嘶声对我悄声说："女人，你不认识我了吗？我是欧麦尔·本·欧迪。"我挥舞着双手，嘶声尖叫，扇打自己耳光，差点就要打出血了。后来，女人们聚拢在我周围，给我戴上手铐，在我面前说"奉安拉之名"，在我耳边高声祈祷，让该死的魔鬼远离我。山谷中一直回荡着她们的祷告声。直到这时，我才终于恢复理智。

---

① 计量单位，1法尔萨赫等于6.24千米。——译者

一天早晨,我被一伙从军营中逃出的敌人抓住了。当时,我们听到骆驼群的咆哮声和马队的嘶鸣声,就开始转身逃跑。没过多久,那些追随我的女人们就和我走散了,我迷了路。我既没有盖上布单,也没有躲在某个洞里,不知道自己是怎么睡着的。我从打盹中醒过来的时候,惊恐地发现大地在震颤,士兵们正骑着马向我靠近,天空中回响着可怕的刀剑相击的铿锵声。后来,我发现自己正坐在马背上,被一名骑兵牵着走。我心里非常不安,仿佛他要鞭打我。我不知道他们要把我带向何处,不过,我已经不再担心一会儿我会见到何种场景。我们抵达某个地方时,天已经黑了,夜色笼罩着布尼·穆勒的帐篷。他们把我用力拖进去,让我坐在他们的首领卡哈菲的脚下。卡哈菲用他穿着软底靴的脚踢了我一下,大喊道:

"你说得太久了,女人!你这个没娘养的东西!把你知道的都告诉我,你要对我说实话,否则,我砍掉你的脑袋!"

我看着他蓄着胡须的下巴。听到他威胁说要砍掉我的脑袋时,我苦笑了一下,仿佛对死亡的威胁突然有了免疫力。我不再惊慌不安。自从被不知什么东西击中之后,我便清晰地看见,我将度过最卑贱的一生,将成为他们的见证者。我必须锻炼自己,要终此一生忍受各种各样的灾难,直到我坐在沙丘上,垂头死去。那时,我已将我的故事完整讲述过一遍,也已嘱咐好要按照安拉的旨意,将我的故事和他们的故事传述到若干年之后。蓝色天际的大门在我面前打开,天空中

闪耀着无数星辰,仿佛星辰已经变成了水晶。我把从那里看到的内容讲给他听:

"先生,你将收获许许多多的骷髅头,其数量之多,是阿拉伯人此前从未见识过的,只有这样,这一天的黄昏才会结束。我看见成千上万个,先生啊,成千上万个你的敌人被挖了眼睛,被砍断手脚。我听到他们的声音,先生,他们在野外呻吟,被鬣狗的趾蹄践踏,却仍然活着。猛禽在他们头顶上形成一片乌云,它们在等待轮到自己去捡拾属于它们的那份腐尸。太阳炙烤着大地,先生……炙烤着……这是怎样一个布满鲜血的天空啊!"

他的下巴上稀疏蓬乱的胡须颤动着,像极了我曾在布尼·欧迪家照料过的病山羊的胡须。他声音颤抖着哈哈大笑,高兴得快要发疯了,然后像是刚吃过肉汤泡饼,或是在打量他从没见过的女奴一样,舔着嘴唇说:

"好极了,好极了,你这个会说甜言蜜语的女人,我将赐给你奖赏,直到你满意为止。"

接下来,他贪婪地用脚踢我,催促道:

"女人,你能数数他们中有多少人吗?你能……"

我尽量让声音听起来保持中立,努力隐藏着言语中的轻蔑,说道:

"先生,明天,他们就将成为凶猛兀鹰的早餐。自黎明时分起,阿拉维就开始催讨索要你的脑袋,直到五十个年轻人来寻找你的脑袋,并把它送回给阿拉维时,太阳才会落山。先生,我会把你的头有尊严地埋葬起来，好让它亲眼看到世界末日。"

他用脚踢我的头，仿佛我是他的仇敌，同时对他的仆人大喊道：

"把她抓起来，扔到沙漠里，把她活着丢在那儿，让凶猛的兀鹰把她大口吞掉。"

姑娘啊，我一点儿也不怨恨他们。我知道，自从亚当从乐园降临人间，从安拉那里继承了大地及大地上的一切开始，他们的脊背上就一直雕刻着这种男性特征。

但愿所有凶猛的兀鹰和猛禽都能一口把我吞噬掉。姑娘啊，由于某种我不知道的力量，我已经对它们的侵害免疫了。我带着要传递给当事人的讯息，在沙漠中游走。可讯息最终送达时，却往往已经延误了。安拉的太阳与月亮的光辉交替照耀着我脆弱的灵魂，我与幼小的生物、与空腹出发却满腹而归的鸽子、与山峦、与经历过风暴成百上千次的扫荡却仍然静默地屹立在原处的沙丘，一起感谢安拉。我从人类的鬣狗逃向安拉的鬣狗，我同鬣狗肩并肩睡在一起，夜晚用它的呼吸来取暖。它会与凶猛的兀鹰分争某具腐尸，却与我相安无事地一同入眠。我唯一的烦恼就是如何从他们中间找到出口逃脱出去。无论我把脸转向何方，某只饥饿的鬣狗都会在或短或长的几天后瞥见我的身影。他们来到我面前，把我用力拖拽过去，或是为了让我为他们占卜命运，或是因为他们以奇迹般的坚忍从刀剑或猛禽的利爪中逃脱出来，或是他们中的某个人猝不及防地向我猛扑过来。姑娘啊，我非常清楚，我自己并没有继承那名罗马骑士的英俊俏丽，人们说他白皙的脸庞像极了古代圣像中玛利亚儿子的脸，但在他性欲冲动的那一刻除外。猛烈的淫欲将他置于一名埃塞俄比亚女奴身上，而这女奴就是我的母亲。我的皮肤熄灭了母亲黑色的光亮，于是它变得如你看到的这样，仿佛褪了色一样。我的鼻子宽大且扁平，由于继承了骑士希腊鼻子的缘故而变得更长。我的两只小眼睛生来就像是从所有已知的眼睛的颜色中逃离出来的一般，如你看到的这样，它们是黑色和蓝色的独特的混合体，可是，这两种颜色能混杂在一起吗？我粗厚的双唇仿佛在宣告，我只是男人欲望泛滥时的果实，我必须继续担负起男人狂热的使命。我过于丑陋的样貌，在各个阿拉伯部落里都是十分罕见的，早晨，他们在诗句或起誓中总是这样打比方："安拉啊，她比萨巫黛还要难看。"到了晚上，他们就飞奔到我的帐篷里，来探求罗马人遗传给我的淫欲的时刻。姑娘啊，我很清楚，那名骑士的痛苦和他与黑人女奴没有结局的爱恋，两者在我身体里留下的那种味道，是所有阿拉伯美女都渴望拥有的。不瞒你说，每当精力旺盛的男人们侵袭我时，我都会探索我与她们的不同，然后发现，我是获胜者。

在这个倒霉的日子里，他们中有人在夜里侵袭了我——我猜他可能是被卡哈菲军队打败的溃军——他像骡子背上的庞然大物一样骑在我的头顶上方，像公牛般发出哞哞的声音。他全身披挂着铠甲，十分激动，仿佛他面前有一头可以被他娶作妻子的骆驼。我拼命尖叫,但他仍然像鬣狗一样在不停啃咬我的肉。他刚脱下我的裤子,就有另外一个男人从马上一跃而起,跳到他的上方,在我怀中砍掉他的脑袋,而他的手里还拿着我的裤子呢。随后,这个男人用长矛挑起他的身体,将它朝月亮的方向扔了出去。那具尸体落在了我的手臂附近,就像刚被宰杀的公鸡一样颤抖。我不知道那个追踪我的男人为什么突然注意到我的存在,他开始在我脸上扇打耳光,从我怀中夺走被害人的头,这时我正在凝视被害人快速闪动的眼睫毛,随后,他的目光最后看了一眼自己飞起的身体。接下来,我伸出手——我也不知道为什么——去取我带在身上的最后一滴水,那个男人从我手中抢走盛水的小皮袋,把里面的水全部倒在自己撅起的嘴唇和胡须上,却只喝到了一两滴水。他拼命用舌头挽回流出去的水,但是够不到。他委屈的双手能够斩钉截铁地砍下男人的脑袋,却无法让自己止渴。我看着他。不知怎么,他从我的眼神中觉察到了某种同情,于是在用力扇打我的右脸之后,又更加用力地扇打我的左脸。他的嘴里散发出腐臭的气味,对我吼道:

"女人,你把水藏到哪里了?"

"这是我随身携带的最后一滴水,不过,这附近有一口井,你骑马过去,很快就能到了。"

他小心翼翼地用两只手捧着那个男人的脑袋,仿佛那是一份必须交还给主人的托管物品,脑袋上的鲜血已经滴到了他的围腰布上。离开之前,他先是一言不发,随后突然用脚踢我的脸,大吼道:

"滚开,你这个迷途的女奴!我们来这儿,是为了把我们的女人从战俘中营救出来,以免她们遭遇你这样的命运。你眼神里的这种轻蔑是从哪儿来的?你这个虱子!你宁愿让我们生活得像一群蚂蚁一样,这样就无法砍掉这个脑袋吗?女人,这个脑袋只是被割断了舌头,不能说话,现在你要是说出一个字,我就把你的脑袋砍下来!"

说着,他真的把长矛架在我的脖子上,我不知道是什么促使我对他说出下面的话,好像我在自言自语一样:

"先生,你怎么知道这群蚂蚁在安拉那里是不是更优于我们的民族呢?你们到底在追逐什么呢?"

他向后退了几步,这一次是在哈哈大笑,我还以为他没有听到我的话:

"女人,我们是为了供养像你这样的白痴,为了保护我们柔弱的妇女和儿童。你这个女人只是一具肉体,我凭整个身体发誓,我会让鬣狗在这个漆黑的夜晚把你吃掉。"

"然后……"

"然后?然后什么?你这个比鸽子还蠢的女人!我们突袭商队和其他部落,从而得到休息。我们拥有更多的女奴和粮食,以此来抵御在这干旱的不毛之地上生活的艰辛。女人,在侵袭了他们丰饶的土地,在战斗中取得胜利,占领了整个世界和收缴土地税之后,我们的机会来了,很快就能休养生息了。"

那个脑袋上的两只眼睛正在盯着我看,我仔细打量着它们，用更响亮一点的声音对他说：

"然后你们盘坐在地上，没有挖掘水井，也没有耕种庄稼，只是继续谈论鬣狗的屁股，这种谈话却只是鸡同鸭讲。然后，你们继续从所有氏族中搜罗女奴，和她们一起吞掉几吨的食物。于是你们变得像那些兀鹫一样，饱食过后，便守在自己的食物上，待在原地，无法飞翔。"

我似乎已经陷入恍惚，并没有注意到那个男人是如何无视我的存在，提着被砍下的脑袋径自离开的。当我苏醒过来时，摸了摸自己的脑袋，几乎不敢相信它还在原处。我捡起裤子，发现裤子已经尿了，但我还是把它穿在了身上。那个无头男子就在距离我一臂远的地方，鬣狗们正聚拢在他周围。我避开那些鬣狗，继续赶路。很多天以来，之前在我怀中的脑袋发出的脖颈血管爆裂的声音，一直在我耳边噼啪作响，将猛烈的风声、鬣狗歇斯底里的笑声和沙尘的呼啸声吞噬殆尽。

* * *

姑娘啊，离开家时，我就知道自己的心将永远充满苦痛，将因为对他的思念而伤痕累累。我看到了我可怜的身体上留下的岁月的痕迹。随着时光流逝，它已不再朝气蓬勃、光鲜柔嫩。虽然心怀爱恋，但我永远都不会成为烈士，因为我从未原谅过你外公，同时，我也在克制自己，让自己不要爱上这片大地上的其他任何男人。安拉的使者不是说过"谁陷入爱河，谁就会消瘦，就会生病，就会死亡，他就是烈士"吗？一个像我这样身为族人奴隶的女人是无法保持贞操的，可是姑娘啊，我是罗马人的女儿萨巫黛，在一场满载而归的狩猎之旅之后，我就知晓了什么是灵魂贞洁。我知道，欧麦尔·本·欧迪的离开，让我体会到人类能够感知的所有情感。就像你现在亲眼所见的那样，我将成为一个既不是石头也不是人类、既不是女人也不是男人、既不是光明也不是阴影、既不是夜晚也不是白昼的存在，就如同一具行尸走肉。爱情就像憎恨一样，姑娘啊，它们会啃噬自己的主人，永远不知饱足，最后只给主人留下一副残破的面容。不知道为什么，直到今天，我已经到了让自己鄙夷的年纪，还不曾听到过祈求安拉保佑女人、祈求让她们免受男人爱情伤害的祷告。当与他共处的记忆淡去时，我便日复一日地向我的爱恋之火投去回忆的薪柴，于是我爱恋的火焰越燃越旺。在记忆中，他用手抚摸着我的身体，我享受着他进入和离开我身体的欢愉，享受着他同我接吻的快乐。他骑在我身上时，我曾快活地瞪大眼睛望向数不尽的星辰，无法相信两个身体可以抵达这样的地域，一起望见乐园的边界。他似乎厌烦了我的茫然失措，躺在地上睡起觉来。他让我躺在他身上，这样的姿势可以让他看向天空，让我睁大眼睛看向他映射出乐园边界的双眸。当时，我尖声叫喊，不是因为我刚刚到达的巅峰，而是因为这一切无疑终将走向幻灭。我从他的双眸中看见一抹彩虹，他用手遮住我的双眼，大笑着说：

"女人，你在看什么？你是在凝视把我们驱逐出来的乐园吗？"

"是的。"

"女人，你的人生目标是什么？你这一生究竟想要做些什么？"

我一句话也没有说，担心他会推开我，远远地离我而去，但是我很想对他大声疾呼："如果水井干涸了，你们要用年轻的臂膀去挖一口新井，而不是去侵袭属于其他人的遍布水井的土地；如果你们的枣椰林被烧毁了，你们要用它埋在沙土里的残余的种子种植另外一片枣椰林，而不是伏击别人的商队，像宰杀骆驼一样砍断他们的脖子，以获取他们携带的货物。"我很想对他说："你们不要制造各种借口来逃避耕地、练习击剑、骑马和骑骆驼，去参加你们所谓的战争、入侵和圣战……"

"女人，你认为生活只不过是做爱、怀孕，然后跟在男人身后团团转吗？"

我不知道该如何对他讲：

"是的，生活就是像这样，人类繁衍，庄稼繁殖，牛羊的乳房充盈，水井满溢，从安拉那里继承大地及大地上的一切。"

他用憔悴的声音打断我的话，仿佛想起了某个忠告：

"萨巫黛啊，但愿事情真的这么简单。"

只有在他偶尔这样称呼我时，我才会喜欢自己的名字。然后他突然站起身，像饥饿的鬣狗一样哈哈大笑：

"那么，如果你是这样理解生活的，我就必须把自己的种子播种到其他肚子里，而不是你的这个肚子。女人，难道没有人告诉过你，指甲花是女人的染料，鲜血是男人的染料吗？"

当爱恋的薪柴用尽时，我将手中可及的所有妒忌与疑问都抛向爱恋的火焰，这些妒忌与疑问全都围绕同一个场景："现在究竟是哪个女人在享受他压在身上的重量？"那股火焰开始蔓及我遇见的所有男男女女，甚至开始遍及我的全身。姑娘啊，你是知道的，那火焰从来不知饱足，以至于我变成了你现在所看到的模样。所以，姑娘啊，在爱恋你的男人或是此后遇到的其他男人时，千万不要神魂颠倒。

若干年后，在同鬣狗一起经历沙漠之旅以后，我对曾经理解的事情反而更不理解了。当时，我只是追随自己的命运，依靠星辰为我指引正确的道路，我知道它一定会把我平安送至我的男人和预言的当事人面前，我将把我的黑色预言降示给他，好让我的肩胛放松下来，让你的外公从战争中解脱出来，然后和我一同回家。可是如你所看到的这样，我穷尽此生一直在追逐欧麦尔·本·欧迪，可他却一直在追逐我不知道的什么东西。

* * *

我加快脚步，离开部落的大营帐。几个月以后，当我确定将要奔向何方时，还要走好远的路，才能追上奔赴伊拉克复仇的军团，欧麦尔·本·欧迪就在那个军团中。我突然双膝跪地，不知道身体里发生了什么。我拼命尖叫时，沙漠中的赤鹿和鬣狗也在重复我的叫声。我很快意识到，我离开家已经整整九个月了，那时我已经身怀六甲，这是我踏上旅途以来从未觉察到的。当时我只是意识到，当大地上的祸事靠近我时，我便感知不到自己的身体和身体里发生的一切，仿佛某个精灵或安拉万物中的某个生物将它们夺走了一样。

我蹲坐在沙丘上，双手扶着肚子，观察着身上发生的一切，就像观察正在分娩的母山羊。我拼命尖叫，不是因为分娩袭来的疼痛，而是因为我肚子里的某种推动力。我不知道我的鞍袋里有什么可以给这个想要从我身体里出来的家伙助上一臂之力。我被什么东西击中时，正行走在沙漠里，那是为了治愈灵魂，预见并抵御即将到来的灾难，因此我知道，鞍袋里的东西只能抵挡男人对可怜女人的无情的爱，或把女人的爱从不属于她的男人心中移走，或把手足无措的爱植入她疯狂爱恋的男人的心里，或使女人像着了魔一样追随爱恋她的男人，然后降服这个男人。此外，我的鞍袋里的东西还能让我接近自己的目标，去从事女巫布杜尔为她的民族所做的事业，由此让我保护族人免受侵犯，并且让他们避免自相残杀。

我看到一名青年从远处走来，看起来，他像是循着我的尖叫声找来的。他长着一只鹰钩鼻和一双大眼睛，面容清秀，宽阔的额头上戴着已经被弄脏的缠头巾，尽管那条头巾上的金色丝线已被沙漠中的风沙蚀去了光泽，却仍显露出他平日生活的安逸与优渥。我目不转睛地看着太阳的光芒，终于知晓了他，这样，如果他是坏人，我便可以抵御他的邪恶，也可以在分娩状态下保护好自己。随后，我看着他。他精明豁达，既不说谎也不伪装，也不会去侵害别人。他能够用珍闻奇谈逗引丧子的母亲哈哈大笑。他皈依了伊斯兰教，完美无瑕地遵循教义。他与他的家人都是辅士①中的苦行者。他走到我身旁，满面笑容地站在我面前……

这就是后来被人们称为"被哈巴巴迷惑的人""安拉的仇人""邪恶女巫的声音""恶魔的仆人""萨巫黛的嘴喙"和"预言者的影子"的人。后来，他失去了理智，甚至不知道自己的双手在做什么，不知自己的眼睛生来是做什么用的。人们常常给他的右手戴上手铐，以免让它砍断自己的左手。在此之前，安拉是不会让他死去的，因为他将在心爱的荒野中逃亡，不记得应该带上一点干粮，随后孤独地死去。他盯着我看了很久，不停大喊道：

"安拉的奴仆啊，你正在生孩子呢！不要害怕，我是名路人，不会伤害你的。"

我无力地对他笑了笑，断断续续地继续尖叫着。

---

① 麦地那穆斯林的称号，因为他们是穆罕默德的辅助者。——译者

我问他：

"年轻人，你叫什么名字？"

"我叫雷斯·本·艾希德，是从两队人马中逃出来的。我就是那个看见艾布·戴拉·加法里的人，他衣衫褴褛，被流放到了拉卜代①，既没有找到埋葬他的人，也没有为自己找到敛衣。我就是那个看见穆斯林穷人们如何在沙漠中游荡的人，他们光着脚，近乎赤裸地朝向革命匍匐前行。我听见革命者对奥斯曼·伊本·阿凡②哈里发这样说：放弃这件事吧。于是哈里发说：'我还没有脱去安拉赠予我的衣衫③。'我听见阿里·伊本·艾比·塔利卜④谈论这件事说：'当奥斯曼担任哈里发时，他犯了错；当穆斯林们无法忍受奥斯曼的统治时，他们也犯了错。'你听见赛义德·本·阿比·瓦卡斯⑤说的话了吗？'直到你们带给我一把会思考、能看见、可以说话的宝剑，它说这个做得不错，那个做得不对时，我才会展开厮杀。'我遵循他的话，可是，安拉的奴仆啊，你是知道的，男人如果没和这两

---

① 一座古代历史名城，位于麦地那东部。——译者
② 为伊斯兰教历史上四大哈里发中的第三代正统哈里发（644-656年在位）。——译者
③ 这里的衣衫比喻安拉赋予的统治穆斯林的权利。——译者
④ 伊斯兰教历史上第四任，也是最后一任正统哈里发。公元656年6月第三任哈里发奥斯曼·伊本·阿凡被叛军杀害后，阿里被推举为第四任哈里发。——译者
⑤ 早期的一位阿拉伯大将，是公元610-611年间皈依伊斯兰教的早期皈依者，也是伊斯兰教先知穆罕默德的一位很重要的圣伴。赛义德在十七岁成为了第十七个皈依伊斯兰教的信徒。当这场战争爆发、穆斯林们陷入分歧要杀戮奥斯曼哈里发时，他避开了战争，没有加入任何一方的厮杀。——译者

队中的任何一队人马在一起,他们就会唾弃驱逐他,把他孤立到女人们的闺阁。于是,我逃亡到了这片荒野上。我不是诗人,也不想成为一名骑士,因此我对自己发誓,要把我听到的哲人智士话语中的精华部分传递给大地上那群离间者,他们都是各个部族中的恶棍和搬弄是非的人。"

我躺在地上,抬起头看着从我的身体里露出来的小脑袋,那个小脑袋像戴了王冠似的,顶着一头丝绸般乌黑光泽的秀发。我说道:

"赞美安拉!雷斯啊,你可以帮我找到穿越沙漠最短的路回家,好让我把他们的婴儿放在他们家的门口吗?然后我们一起出发,我把我眼中所见的景象悄悄告诉你,你再将它们传述给人类。或许他们看到了我们眼中所见,便可以抵挡魔鬼从上空的召唤,避免为非作歹。"

他一脸惊愕地说:

"真的吗?赞美安拉!姐妹啊,是哪个罗马的天使或王子在你身上耕种了这般美好的东西?我会唯你马首是瞻,任由你吩咐。可是,你为什么要离开这么漂亮的女儿呢?让她在这荒野中和我们一起自由长大,难道不好吗?"

我知道雷斯已经完全处于我的掌控之中,在我终此一生的旅途里,他将一直追随我左右。

我对他说:

"雷斯,我并没有看见她和我们在一起,无论是在未来的傍晚还是清晨,直到我被埋葬入土,都没有见到她。甚至在我遇到大灾大难时，我也没有看见她。在腹中孕育她时，我就知晓了她短暂而幸福的一生中会发生的一切。我曾不止一次亲吻太阳的光芒，好让自己获得更好的命运，这样我便可以保护她。但是，就像命中注定的那样，我看见自己并不在她的生命里。她是欧麦尔·本·欧迪的女儿，你认识他吗？"

"是的。"

"同行的伙伴，那就让我们一起出发吧。让我们彼此约定，从今以后，不要忘记我的所作所为，也许一段时间之后，你会明白我为什么这样做的。"

雷斯给婴儿起名为哈巴巴，我在分娩时的胡言乱语中可能提到过这个名字。我不会写字，但我在不知道被什么击中而昏过去的时候，突然认识了符号和图形，这是从古代巫师的符箓中传给我的。我以前觉得它们很相似，就像我现在看见这些枣椰林一样，分辨不出其中的差异。雷斯帮我在一块磨得很光滑的石头上刻下她的名字，接着又刻上了她父亲的名字。我把这块石头放在火上烧热，用它在婴儿的肚子上打下烙印。接下来，我们把她丢在了欧麦尔·本·欧迪的宅院旁。

哈吉尔啊，自从你的母亲出生那一刻起，雷斯就像影子一样跟随着我。他时而消失，时而出现，就像他家宅院的月亮时而月圆时而月缺一样。只有他出现在我面前时，我才会需要或是求助于他。

我把直到这一刻讲给你的所有内容，全部讲给他听，但关于他的命运，我却对他守口如瓶。每当我拒绝相信他的命运，我就会一次又一次在太阳的光芒中清晰地看见他的疯癫。于是我再次警告他，在既不认识我、也不认识哈巴巴的人们面前，如果看见我自称是"她父亲的女儿哈巴巴"，不要惊逃离开，也不要询问任何问题。他十分了解哈巴巴，当我提到她的名字时，他会茫然地悄声说："安拉啊，哈巴巴的声音比天空中夜莺的鸣啭、枣椰林里树枝的摇曳声和夜歌鸲的歌咏声还要动听。"当我把我看见的哈巴巴的命运讲给他听时，他像丧子的母亲一样号啕大哭。为了让我们回程的路途不显得那么漫长，我向他坦承自己想要从事埃及女巫布杜尔所成就的事业，并请他对我的目标守口如瓶，为我保守全部秘密。布杜尔去世后，将她的秘密和她在大地上的最后一名子嗣一同带到了坟墓里。

"雷斯，你听说过布杜尔吗？"

"没听过。"

"她是一名生活在达鲁凯时代的埃及女人，当时，法老和埃及人民在追击先知穆萨途中，全都淹没在大海里，埃及的男人中再也没有哪个英雄能够守卫国家。在任的埃及女王达鲁凯派人找来女巫布杜尔，所有人都曾目睹过她的巫术。女王对布杜尔说：'你到我们这里来吧，我们需要你的巫术，要向你求助。其他国家的国王垂涎我们的土地，我们感到岌岌可危，请为我们做点什么吧，让我们战胜周围的敌人。'于是，布杜尔在孟菲斯城中心建造了一座石头建筑，她让这座建筑的四个大门分别朝向埃及的南方、北方、东方和西方，在建筑的墙壁上描绘了马队、骡子、驴子、船只和男人的图像，对他们说：'我为你们做的事情，可以消灭所有盼望你们遭受厄运的人，无论他们走陆路还是走水路，也无论他们来自哪个方向。这样你们就不需要堡垒，还可以切断从四面八方来袭的敌人的粮食供给。如果他们骑着马、骡子、骆驼，或乘着船，或徒步行走，这些图画就会活动，他们就会心生恐惧。'据说将近四百年来，布杜尔一直在保护着这座建筑，保护着埃及。当这座建筑有部分毁损时，只有她或她的儿孙才能修复。她的家族消亡时，这座建筑也坍塌了，没有人能够把它重新修建起来。"

雷斯一边打哈欠一边听着布杜尔的故事，我感觉他已经相信了我的目标。他开始收集我需要他带给我的所有的东西。他骑着途中遇到的不同牲畜，奔赴到所有地方，给我带回这片大地上的稀有植物，或者传说中奢华墓葬里某个法老棺木上的一颗旧钉子。于是，我们的负重逐渐增加，鞍袋越来越大，里面全部装满了：麝香和龙涎香糖果，素馨花油和紫罗兰香膏，蝙蝠的心脏，桉树和橄榄树叶，龙血，印度沉香、被磨成粉的黑猫骨头，黑盐，烈火种子，乳香，我用来书写符箓的各种颜色的孔雀羽毛，用来写字的新鲜鸽子血，还有被我锁在护身符里的各国铸造的银锭。当我努力让自己达到布杜尔的巫术水平时，雷斯也逐渐开始制作一些能带来爱情或福祉的简单护身符，或者悬挂在骆驼脖子上防止被抢掠或被妖魔缠住的辟邪物。我教他如何给神魂颠倒的男女们编织衣服，口授给他所需的针法，但是，只有在他掌握了用茉莉花、肉豆蔻和雄猫、小公牛的油脂，还有亚香茅①油来治疗尿道疾病的本领后，我才真正感到了喜悦。如果一天之内有不止一个阳痿男人来找我治病，我才会感到放心。雷斯从长途或短途旅行归来时，会像表兄弟一样盼望着见到我，看到我安然无恙，他才会放心。他还把途中的见闻讲给我听，把途中遇到的东西拿给我看，那都是些我从未见过的东西。他的笑声响彻天空。给我展示了他带回的东西后，他抢先问了我一个问题：

"姐妹，你的进展怎么样了？我们向着完成布杜尔的事业进步了一点点，还是进步了很多？"他接着说："我看见他们正在几法尔萨赫的距离外做着准备，好让兀鹰找到接下来的几个月里足够享用的盛筵。他们正在打磨犬齿，以便站立在骷髅山上挥舞着长矛舞蹈。为了从他们那儿听懂一句话，我靠近他们开始安扎的军营，但是我，还有你的头脑啊，我的姐妹，却什么都没弄明白。他们在谈论的是，虚妄将会就近消散，半旗将会永远降落，他们当中，有成千上万头脑混乱的人纷纷奔去复仇。姐妹啊，不幸的是，在这样一片战场上，连先知穆罕默德的弟子或是麦加和麦地那的大人物，都不可避免地受到粗鄙的诋毁。我试图寻找先贤们举起旗帜大力弘扬的真理，可我却发现，各部落都在围绕究竟谁是发号施令者而争论不休。我试图偏袒两队人马中的一方，然后我发现自己在尖叫着扇打自己的耳光。那些我们永远失去的人啊，我的

---

① 印度产的一种香草。——译者

姐妹,你将何时才能够抵御住他们的分崩离析?安拉的话语还没有传达到他们耳边,在《古兰经》和他们中间,仿佛隔了一道屏障。我几乎要对他们高呼:你们杀人是为了保卫安拉吗?安拉是禁止杀人的。然而我意识到他们的耳朵里涂满了蜂蜡,所以他们什么都听不见。姐妹啊,你所做的布杜尔的事业何时才能成功?"

"当更多的穆斯林血流成河,当他们的双脚踏遍安拉禁止的所有土地,雷斯啊,预言之箭就已经射出,而且飞射出去。伊玛目被杀后,已经没有任何东西能够阻挡它。"

他惊声尖叫,连河谷都在回荡他的尖叫声:

"是的,但是女人啊,你曾向我许诺过的,你同布杜尔的事业何时才能成功?"

我早已习惯了他的再三催促,并没有在意他的问题。在太阳金色的光芒中,我感到眼前发黑,不停重复说:

"一群吃到饱足的鬣狗走了,又有一群饥肠辘辘的鬣狗来了,它们将更加饥饿不堪,直到安拉让他们获得食物。"

我开始受到第一次热病的侵袭,在完全失去意识之前,我听到自己说出的最后一句话是:"地平线浸染着鲜血。那些居住在贫瘠荒芜山谷里的人们和那些残忍粗暴、没有机会读书写字的人们,将涉渡在血泊之中。他们将佯称自己在努力寻求真理,但是真理将从他们眼前消失,远远地出现在另一片大地上。不久之前,他们曾欺骗、伤害、驱逐他们的先知并同他厮杀搏斗,因此,先知将一直对他们心怀愤怒。"

我已经习惯了从雷斯的嘴巴里听到我在接二连三的热病侵袭时说出的每一句话。他把我的这些语句都背记下来,当作他自己的话,一边在他们的营帐周围游走,一边念叨这些内容。过了一会儿,他被他们的狗群追赶着跑回我身边,发现我从发烧的昏迷中清醒过来,便对我大喊道:

"女人,快跟我来!快一点!他们正在连根拔起对方的脑袋,像砍鸡脖子一样砍断对方的脖颈。他们在用双脚相互踩踏对方的胸膛。我看见有人把他旁边的人推倒在马群的铁蹄下,有人挥舞着长剑,于是一个个脑袋在他周围四散飞去。在这一天,有很多人被杀死,只有天空降示奇迹时,他们才会停止厮杀。"

我的脸再次变成土灰色,目光追逐着一只正在捕捉苍蝇的小鸟。我想,它或许是一只蚂蚱,然后我弄清那是一只蚂蚁。我闭上眼睛,怀疑这是自己最后一次闭上双眼,心想:"赞美安拉!蚂蚁会飞吗?"

我醒来时发现雷斯惊慌焦躁,他正在探摸我发黄的脸颊,试着扒开我的眼皮,然后又把眼皮合上,大喊道:

"姐妹啊,你现在不要死,除了你没有人能够把那些披着鬣狗外皮的男人挽救回来。你认为会有一个邪恶巫师在所有井中投放了东西,让他们喝一口井水后就变成了鬣狗吗?"

我从毕生中第一次、也是最痛苦的一次热病中恢复过来，却得了饿狗般的后遗症，我会在眨眼间吃掉任何食物。雷斯给我带来了羊羔、公山羊和小鸟的肉，还有很多小麦面包、蜂蜜葡萄干、溏心蛋和洋葱。我不知道他从哪里一下子拿出这么多食物。他把食物放在我面前，然后开始逗我开心。我笑个不停，笑声响彻云霄，一群鬣狗在我身后纷杂地重复着我的声音。

他的双眼噙满泪水，试图一边大笑一边把话说清楚：

"姐妹，你是否意识到，那些成百上千正在寻觅男子气概的男人们，很快就会因为他们吃进肠子里的东西而死去，其中有野蛮驴子的单蹄、西瓜籽、狐狸的睾丸、芥菜种子、骆驼的阴茎、罂粟花壳、棉花籽、鸽子粪、亚麻籽、黄牛犊的阴茎、萝卜种子、猛兽的趾蹄、小鸟的舌头和公山羊的油脂……"

他笑得躺到了地上，就这样一边说话一边仰面长笑，差点背过气去：

"女人啊，我担心在你获取女巫布杜尔的秘密之前，大地上所有男人就已经因为你做的事情而死去了。"

我并没有太在意雷斯的话，而是在观察他日益突出的眼球和眼中愈发闪烁的光亮。我在心中反复思忖道："他距离疯癫发狂真是越来越近了啊。"

我既没有用火焰给猛兽发信号，也没有敲击脸盆把它们吓跑，而是迅速在我和他周围画出咒符，那些野兽们便咆哮般大笑着，转身向后逃窜，或是跪坐在地上久久凝视着我们。于是，雷斯像小男孩般欣喜地拍手说："安拉啊，它们的眼睛真好看！"有一天，雷斯到最近的水井旁去打淡水，我都快要渴死了，他还没有回来。于是我拄着短矛走了几步，立刻发觉自己变胖了好多。当我踩踏在地面上走路时，竟然发出了老迈狮子般的脚步声。我猛然瞥见雷斯像狗一样喘着粗气，嘶喊着从远处走来，他的身后是风沙的漩涡和马群的趾蹄扬起的沙土的光晕，他的嘶喊声就像歌咏一般：

"我们可曾告诉过⋯男人的胸襟将无法承载你们过于耻辱的故事？我们告诉过的。

我们可曾说过⋯暴虐者的大军将世代笼罩在你们的头顶上？我们说过的。

我们可曾对你们讲述过那些宫殿被铲平的人们的故事？他们被压在自己坍塌的宫殿下方⋯我们讲述过的。

我们可曾在旷野中大声告诫过⋯你们将永远戴上手铐、脚镣，待在你们的帐篷里？我们告诫过的。

我们可曾预言过⋯当审判日到来时，你们将岁岁年年地一直看着曾经活埋女婴的那个沙坑？我们预言过的。"

我相信雷斯早已亲手打开了他的疯癫之门，我像在漆黑的夜晚看见沙漠里的圆月一般，清晰地预见到了他的命运，而我为他做的一切，都是为了抵御这样的命运。我的努力并没有成功，也永远不会成功。追捕他的人快要到来时，我拼命对他喊："快跑啊，雷斯！"于是他逃走了，留下我孤身一人。我眼睁睁看着一小撮骑士把我的帐篷掀得四脚朝天，除了被他们毁坏的东西外，我的鞍袋里的大大小小的物品也被一抢而空。他们翻出所有的破衣服和小布片，取出银锭，找出我们随身携带的最后一块银币，继续烧毁大火吞噬的余烬，剖开瘦弱母狗的腹部。我的母鸡们仿佛被精灵触怒了一般，扑扇着燃烧的羽毛，在旷野中四散飞起。他们中的一伙人呵斥我说：

"你这该死的女巫，这个年轻人是你的扫帚吗？"

"女人，你会把精灵对你说的悄悄话都口授给他吗？"

"你这愚蠢的萨巫黛，你看出我们误入歧途了吗？"

"你的母亲人尽可夫，你这样的女人给我们占卜时看见了什么？我们会溃败而归吗？女人，说说吧，我们会是被击败的那群人吗？"

"好！好极了！我好像看见你并没有支持安拉，你这只鬣狗。"

我仿佛被操控了一般，不由自主地说道：

"你们并不了解安拉，先生。你们这群鬣狗，在毫无区分地舔舐活人和腐尸的血液。哦不，真的，我在地平线上再没看见过任何景象，穆斯林的鲜血已经遮蔽了天空。是的先生，这两队人马都误入了歧途，而先生，你自己也走上了迷途。"

在太阳的光芒中，我看到他曾经是出身最高贵的人，也是最优秀、最高尚、最耀眼、最完美的人。他自大、傲慢，说一不二。他是他们的首领。当他像天空中竖起的长矛一般站在我面前时，我目不转睛地注视着他的眼睛，然后，他的嘴角露出轻蔑的微笑，身上散出邪恶的气息。他缓缓说道：

"真的！女人，我从没见过面容比你更丑陋的魔鬼。女人，你只是个愚蠢的雌性动物，安拉将让你像鲁特的女人一样变成石柱。你这赛尔莱伯部落①的后代，我们这里对女巫是怎么判决的？"

"焚烧，先生。"

"你的母亲会丧子的，你这个家伙，还在等什么呢？"

他的手下聚拢在他周围，我一直低声重复我的话，确保只有他一个人能听清我的声音：

"年轻人，你这个倒霉的家伙，你是多么自负啊！你真坏啊！像你这样的人，将会和这片土地以及大地上的一切走向消亡。"

然后，我一动不动，目光一直盯着他的眼睛。他从我身旁逃开，开始监督他们，让他们抱来更多干柴。他们给我挖了一个坑，把我拉拽过去，并将我推进沙坑，仿佛我是他们在某个地方遗留下来的一具尸体，他们想赶快把这具尸体埋掉，好在其他地方堆积更多的尸体。突然，我听到一个甜美的声音，像极了"她父亲的女儿哈巴巴"的声音：

"真的，赛义夫啊，如果你不放开那个女人，我现在就在你和你的手下面前自杀。"

---

① 赛尔莱伯部落是阿拉伯一个民族。——译者

我左右环顾，发现了一个小姑娘。她的头发纷纷散落下来，一直垂到脚面。她的脸如同一轮圆月，男人会以为太阳落在了她的两颊上，散发出光芒。她的一双杏仁般的大眼睛微微发红，仿佛片刻之前刚刚号啕大哭了一阵。男人们安静下来，仿佛他们的头上站着一只小鸟，或是被灌醉，双手已经瘫痪。而下令烧死我的赛义夫则像小男孩那样吃力地喊道：

"阿芙拉，你怎么来了？"

他飞快地跑到她面前，跪在她脚下。她抬头望向天空，继续把长矛顶端抵在正对心脏的位置。赛义夫开始亲吻她的双脚，像丧子的母亲一般哭号着。她无动于衷，依然纹丝不动，仿佛一尊并不需要崇拜者的偶像。

过了一会，赛义夫注意到了自己的窘态，恼怒地对手下们呵斥道：

"散了吧。"

于是，他们扔掉了火把。那火把刚才差点吞噬了我。他走到我近前，伸出手，一把将我从沙坑中拉出来，让我坐在他旁边。那个迷人的姑娘把长矛放在一旁，披上斗篷，收拢长发，免得它们扫到沙土，然后，她躺在地上睡起觉来。

赛义夫在旁边倚靠着我，悄声说：

"你看见这个姑娘了吗？"

"她是你叔叔的女儿，两天前她父亲在这该死的叛乱中被杀后，她就成了无父无母的孤儿。我看见你钟情于她，但是她手里却没有攥握你的灵魂。年轻人啊,她的灵魂寄托在一个我看不见的人身上,好像他并不是你们双方的血亲,而是一个迷途者,或是某个背离部族和亲属的叛教者。他既不爱她,也不关心她,他只是痴迷地爱恋着安拉。年轻人,你现在就把她带过来吧,如果安拉允许的话,她明天就将成为你的妻子。"

"你说的都是真的吗,妈妈?"

"我现在变成了…妈妈?刚才你还想要把我烧死呢,而且你已经烧毁了我的一切,现在,我或许已经找不到任何能帮助我的东西,好让你同那个漂亮女孩结婚。伟大的安拉说得很对,他说:'游牧的阿拉伯人是更加不信的,是更加伪信的,是更不能明白安拉降示其使者的法度的。安拉是全知的,是至睿的。'"①

"我会把你想要的东西都拿给你,会把你失去的、甚至更多的东西都送给你,但这一切的前提是,阿芙拉和我一起回去,并且接受我成为她的丈夫。"

"真的,你曾求我把你从爱情的困扰中解救出来,好让你远离鬣狗的道路。年轻人啊,去接近她吧,然后再去找回雷斯,要确保他的安全。你要提防你的手下们,不要让他们伤害到他。他们都是能够一口吞掉鬣狗大脑的人,你要给他们说明原因。如果他们对他的话不管不问,那谁也没有办法。孩子啊,那个年轻人已经失去理智,所以请对他仁慈一些,他在任何时候想说什么,就随便他说什么吧。"

"我听你的,安拉的奴仆。真的,完全按你说

---

① 此语出自《古兰经》忏悔章第97节。——译者

的办。"

我靠在那个漂亮姑娘身旁,趁她不注意时剪下了她的斗篷上的一块布片。她在没完没了地号啕大哭,愤怒得抓起沙土,用力在手心里捏攥着,大喊道:

"我是多么痛恨这个赛义夫啊!我恨他!"

她尖叫着看着他,音调越来越高,差点喊破嗓子:

"我是多么痛恨你,赛义夫!我恨你,你这个男人!让我一个人待在这吧!"

我梳理她的长发,从中捡出一颗颗沙粒。我注视着那个男孩清秀的面容,反复说道:

"赞颂安拉!安拉的使者说得真对啊,他说:'灵魂是被征召的士兵,若彼此相识,他们便亲近交往;若彼此嫌恶,他们便各存异见。'"

趁她情绪激动的时候,我悄悄写下了咒符。我让赛义夫告诉我他们的母亲的名字,然后让他去找一些淡水。当他走远时,女孩开始向我倾吐秘密:

"阿姨,我是来向你求助的,这件事关乎我的内心。父亲被杀后,我感到很孤独。我有几个葡萄园,也有不少钱,他们帮我用这些钱在沙姆地区做生意。我迷上了一个男孩,可我只见过他一面,甚至连他的名字都不知道。阿姨,你能帮我找到他吗?我要向他一诉衷肠,因为对他爱得发狂,我感觉自己已经不存在了。我吃什么都感觉不到滋味,有时宁肯饿肚子,睡眠也不再香甜。你能对他说,我将成为他的女奴吗?你能对他说,我爱他爱得快要死掉了吗?阿姨,在我失去理智前,帮我找到他吧!可是他不在家,我们会在哪里找到他呢？"

"美丽的姑娘啊，为什么我看到这个赛义夫就是你的福气呢？我就像现在看见你这样，真切地看到你们两个将在这片土地上填满儿女，将体验其他恋人从未体验过的幸福。姑娘，把你所有的负担都放在安拉那里，在大地母亲这里休养生息吧，我们最终拥有的只有这片大地。"

我的咒符确实已经使她麻痹，于是她躺在地上睡去了。她似乎已经连续几天没有睡过觉，把头靠在我怀里酣睡起来，都没有觉察出赛义夫的到来。赛义夫躺在我们身旁，我让她的头靠在我胸前，把我准备好的水喂给她喝，好让爱情填满她的心田，然后她的头又靠在我怀里，继续睡去了。

赛义夫对我耳语道：

"她会好起来吗？她会属于我吗？"

"她真是一个天使啊！她一定会属于你的。但是几天之后，他们会带着你的头颅来到她面前，要她把头颅埋葬到她父亲的头颅旁边，那时，她的状况就不那么好了。"

他尖叫一声：

"什么……？"

我赶忙制止他：

"嘘，小伙子，别出声！或者你小点声，让她睡觉吧，她已经几天没有睡觉了。我看见你有仁爱之心，而且拥有纯洁的灵魂。你像他们一样吃过鬣狗的脑子吗？你不明白我说的话吗？没有人会从这场该死的战争中胜出。我曾对你讲过,在这场战争中,我再次看见鲜血在并不临近的未来蔓延四方。所以,快去处理你的事情吧,在我面前不要像这样扯着嗓门说话。"

赛义夫的眼神有些游离,一直在思考着什么。随后他站起身,命令剩余的手下为我搭建一顶崭新的帐篷,接着派其中一些人去追逐我不知道的什么东西去了。

他在观察沉睡中的阿芙拉,我看到,他真的是仪表堂堂。为了不吵醒阿芙拉,我小声对他说:

"你认为全能的安拉说的这句话是什么意思呢:你的主对众天神说:'我必定在大地上设置一个代理人。'①? 全能的安拉是说他的代理人要烧毁庄稼、排干牛羊乳房的乳汁,杀死安拉禁止杀害的灵魂吗?年轻人啊,我从未在夫妻间挑拨离间,从未犯下哪些罪过,能让你把我烧死在沙坑里。我正在努力发现穆斯林彼此间血液的区别。或许我本身已经误入歧途,或许我犯下了错误,但我真的看见过太多的骷髅头。我竭尽所能想要阻止这场战争,哪怕我的下场是火狱和糟糕的坏命运。小伙子,我们都是人类,包括那些你认为永远正确的人在内,所有的人都会犯错。小伙子,遵循你的内心吧,放下你的迷惑和彷徨,迈向果园去栽种它吧,带着你和这个漂亮姑娘的宝贝孩子们去耕种这片大地吧。或许他们来了,和平将会洒满人间。如果他们责骂你经受不住战争,并把你发落到女人们的闺阁,那么在安拉那里,这比残杀穆斯林要好

---

① 此语出自《古兰经》黄牛章第30节。——译者

过一千倍。"

女孩打了个哈欠，苏醒过来。她双颊绯红，眼中的疲倦与赤红已经消散。她看着我，眼神里带着处女的羞怯，仿佛生怕我把她的秘密泄露给他。她把头从我怀中收回来，看着赛义夫，脸上的红晕更加明显，双眸中洋溢着对他的爱意。于是，他欣喜地高呼：

"阿芙拉，我的堂妹啊！"

姑娘亲了亲我的额头，他也像她那样照做了。她对我耳语道：

"阿姨，我们给你添麻烦了。"

我靠向赛义夫身旁，悄声对他说：

"孩子，你们在一起的第一年，你应该像犁地一样耕种你的阿芙拉。你要照顾她、守护她，然后，她会成为你的大树，一颗你前所未见的参天大树。你要像沙漠中的迷途者逃到巨大的仙人掌树干下避难那样，紧紧抱住她的肢体；你要像几个月都找不到水源的迷途者一样，从她那里喝到饱足；你要像出家人对神灵和圣所满心虔诚那般，对她心怀诚挚。只有这样，你才能达到前面所说的状态。孩子啊，白天，你要把她当作王冠戴在你的头顶上，所有部族都没见过比这更好的王冠；夜晚，你要把她当作旧的软底靴而不是华丽的鞋靴，穿在你的脚上，好让你在里面休息。不要每天都对她说，她是你的偶像和你的女王，女人只喜欢逐猎者。如果她看上去并不爱你，你要等待一段时间，让她心中有所猜疑，因为暴露无遗的神魂颠倒可能会导致你失去她。你要让她时不时相信，你并不完全属于她，然后只要有可能，就带她进入乐园。"

　　赛义夫向我告别，然后把马牵到阿芙拉身旁，让她骑在马上，坐在他身后，给她披上他的斗篷，以保护她的头发免受风沙的侵蚀。她从后面搂住他，两人一起出发了。我对雷斯仍然不放心，同时也牵挂我那变得空空如也的鞍袋。我看着那些给我搭建新帐篷的男人们，突然感到一阵苦闷和忧愁，因为我从一群渴望厮杀的大军中拯救了一个情窦初开的青年，仅仅拯救了一个青年，仅仅从遭遇龙卷风侵袭的沙海中拯救了一粒沙。

　　雷斯离开我时，我正独自一人在沙漠中工作。他知道我对一切生物的伤害都具有免疫力，但是人类，特别是男人除外，因此，他把短矛留给了我，而我却只会把它当作手杖来拄着。我手拄着短矛，凝望太阳。太阳快要落山了，我目不转睛地凝望着越来越黑的远处，试图探知雷斯现在的命运。我相信赛义夫会去努力寻找雷斯，却永远也不会找到他，正如我相信，我会动身去找他，但他不会主动来找我。现在，我试着发现他行走过的每一条道路，同时，我也试着猜测我究竟会在什么时候再次遇见他，好为他减轻一部分疯癫。我究竟会在哪里遇见他？

　　第二天日出时，我已看不见有关雷斯的任何景象。自从他离开我逃走后，我一直待在原地。或许是因为看见了什么，我拒绝进入我的新帐篷。当太阳盘坐在子午线的中央时，我看见一骑马队像黑压压的乌云一般向我奔来。很快我就弄清了，他们是赛义夫的手下。他们向我确认,已经找遍了雷斯可能藏身的所有岩洞,但是并没有找到他。随后他们拿给我赛义夫送给我的礼物:一匹挽马①,一群骆驼,还有两个背着面包、鸡和蜂蜜的白奴。我和他们一起进餐,吃饱喝足后,我赞颂了安拉。我反复向两名白奴道谢,感谢他们的首领对我的慷慨相赠,并对信使说:"对你的首领说,我不需要这两个人,我甚至供养不起他们俩。"我把他送给我的第纳尔②还给信使,说道:"孩子,我要用它们买什么呢?在这片荒野上,有什么同我有关的东西可以卖呢?我的双脚已经开始支撑不住身体的重量,没法跟在流动商贩身后奔跑。某个走投无路的人,或是某个对这场战争已失去耐心的人看见我时,一定会把这些东西从我手中夺走的。赛义夫盛情邀请我住在他的庄园里,我十分感激,但是孩子啊,我要在我的道路上继续前行,那是命运为我规划好的。正如你所见,我的皮鞍袋空空如也,唯有我对他们二人的祝福。孩子,我祝福他们两人婚姻幸福,然后,我就在安拉的佑护下再次启程了。"

* * *

太阳落山时,我呵退了骆驼、挽马和小鸡周围的野兽,随后又赶走了鬣狗。鬣狗们把尾巴夹在两腿中间,逃之夭夭,天空中充斥着它们大笑的声音。大多

---

① 挽马:一种非阿拉伯人豢养的母马,以耳朵松软著称。
② 阿拉伯古代金币。——译者

数早晨，我都在缝补长袍的破洞。自从阿芙拉给我送来一件新衣服和一床我无论走到哪里都可以随身携带的轻便草席后，我便在早晨的时光中无事可做。我心想："事情会是这样的，到达库法的时候，我一定会在这条路上遇到雷斯，他只会选择我们曾一起选定的那条道路。"我的身体已经变得像半只骡子一般粗大，费了好大的劲才骑上可怜的挽马。我用绳子牵拉着驮着粮食和淡水的骆驼，然后用眼睛瞄了一下我用来辨识方向的那颗星星，带领我的小型驼队，向山路走去。我要从那里出发，奔赴库法。

我应该在旅途中遇见欧麦尔·本·欧迪，就此终结这场无休无止的旅行，然后，我要把我的故事讲给我的传述人，但是，我还没有确定她的人选。在这场旅途中，有多少次我曾差点跳下悬崖？有多少次我曾希望自己能像出生之前一样，对一切都浑然无知？有多少次我曾高声呼喊，我不再需要这尘世？这爱恋让我饱受折磨，痛苦不堪，使我在此后远离了狼群、毒蛇、疯狗和一切拥有犬齿和利爪的动物，甚至让我对生活本身不再抱有热情。我就是那个为了寻找我心爱的男人的骷髅头而去挖掘坟墓的人，每次回来，都只有悲伤沮丧。我就是那个穷尽一生，仿佛嘶喊哭号了几个世纪的人，我想把人类还原为安拉原本希望他们呈现的模样。我就是那个赤条条来到世间的人，没有任何可以用来对最低级的生物进行一番炫耀的虚饰，当我告别此生时，我也会像降生时那样赤条条而去。我就是那个见证过尘土一般的岁月的人，这期间，人类根本不知道自己的人头将会何时落地。我就是那个亲眼看见获救者在沙漠中徘徊彷徨的人，他们只能从山丘或岩石中吸吮少量的滴水，几乎要将水滴拧挤沥干。

  我走进山间小路，在这里住了几天。我开始放牧骆驼，希望保证它们在被我送给雷斯时都还活着。我吃光了所有的小鸡、面包屑和蜂蜜，时不时感到萎靡无聊，无精打采，就像整日追逐雌羚羊的母狮在最终看到羚羊坠入深渊时那样悲伤。我经常询问偶遇的某个士兵："你们全副武装地跟随驼队奔赴巴士拉，是为了寻求什么？你们朝着那片废墟的方向奔跑前进，是为了追寻什么？"于是，我和他们彼此憎恶，相互厌烦。我一直在想，太阳自无始以来便像这样邪恶地灼烧，永远不会离开天空，然而有一天我在日出时醒来，却发现它与往日不同。它似乎对我动了恻隐之心，留下一片清澈的夜空，还满载着无数熠熠发光的星辰。当天空摇荡，风沙从它的枷锁中挣脱出来，扫去那些奔赴新战场或是新坟墓的人们的影子时，我闻到一股浓烈的雷斯的气味，我确信，雷斯近来出没的地方近在咫尺。于是我胡乱地支起帐篷，竖起耳朵寻觅他的声音，等待着他从东边或是西边来到我面前。一只纯白的狗蹲坐在我面前，一动不动。我一边给它喂食，一边打量它黑色的牙齿，对它悄声说道："朋友，你和我一样，已经老了，你愿意和我待在一起吗？你愿意和我一起走到旅途的终点吗？我们彼此相依为命如何？"于是，那只老迈的狗选择了和我在一起。

几天来，我一直没有听到过它的吠叫声，我不知道它叫起来时声音会是怎样的。不知什么东西让它盯着我看，只见它双目圆睁，眼中充满疑惧。或许它在凝视那让我昏过去的东西，也像我一样无法领悟它究竟是什么；或许它在惊讶，猛禽飞过我的长袍，却不会伤害我，而是试着越过我，直接飞到猎物面前，并把猎物吃掉。它跑过来，依偎在我身边，继续保持令人不安的沉默。终于有一天，太阳升起时，我被它的吠叫声吵醒。只见它双脚直立着站在那里，央求似的叫了很久。于是我侧耳细听，开始时听到一个虚弱的声音，便呵斥它安静下来，让它和我一起细听：

"嘘！别出声！伙计，仔细听。"

我发现，随着说话人离我越来越近，那个声音的音量也在逐渐升高：

"——我们可曾预言过…你们中有些信徒将会淫荡堕落到要在酒池里洗澡的程度？我们预言过的。

——我们可曾呼喊过…天空将因你们过多的鲜血而呻吟？我们呼喊过的。

——我们可曾提醒过…你们中会有人通过与最强悍、最勇猛的的女人结婚，而登上统治者的宝座？我们提醒过的。

——我们可曾说过…你们中的统治者只会被毒死或被杀死，或被钉在十字架上，或被活埋，或被判处坐尖木桩[①]？我们说过的。

——我们可曾告诉过…你们的粗鲁无礼、愚昧蠢

---

① 刺桩刑：用尖锐的木桩刺入肛门。——译者

笨、疏远隔阂和宗派主义，终将使你们走向灭亡？我们告诉过的。"

我听出这是一个女人的声音，这个女人一定是个丧子的母亲。她说出的这些话正是我曾经说过的，从前，雷斯曾经不断重复这些内容，可他现在究竟在哪里呢？我的话是怎么传给这个女人的？我有强烈的预感，雷斯就在附近。我像狗一样坐起身，延首远望，正想朝声音的方向挪动几步，却看见她穿着一身黑衣正朝我走来。她在不停重复我的话，经过我身旁，又越过我继续向前，仿佛我是荒野中的一块岩石。我在她走远之前高声呼喊她：

"安拉的奴仆……"

但是她继续向前走，对周围的一切视而不见，只是不停地高声重复那些话。我哀叹自己的坏运气，每当有人重复我的话时，安拉啊，这个人就要变得癫狂吗？她已走远了，这一次我拼命喊她：

"安拉的奴仆，请看在安拉面上，快停下，我有话要和你说。"

但是她转过身，迅速跑掉了，仿佛她在逃离某个被诅咒的魔鬼。我在原地缩成一团，对一切都感到绝望。我双手抱着头，哀嚎道：

"哎，雷斯啊……哎，你这个可怜的好青年啊，我真是无能！"

我嚎啕不止，悲痛欲绝。这时，两只手握住了我的手，是那个女人，她终于回到我面前，不再重复我的话，而是热切地说：

"女人,你是谁?你真的认识雷斯吗?"

我恢复了神智,盯着她看了好久,一边偷听从我头顶上方传来的声音……这是个中年女子,面庞白皙圆润,五官标致,野牛般的大眼睛目光游离,一头长发用头巾也遮不住。几个月前,她成了寡妇,他们拆毁她的房屋,将她的家园夷为平地,还抢走了牲口圈里的小绵羊。我紧紧抓住她的手,就像在沙海中快要被淹死的人突然发现身旁有一根伸手可及的枣椰树干一样:

"他在哪儿?雷斯在哪儿?"

她平静地坐在我身边。我相信她已完全丧失了理智。我费了很大劲,才从她语速飞快并且混淆不清的字母和颠三倒四的话语中,理解了她所说的话。我好不容易才听明白,雷斯被水井的臭气熏倒了。当他把头探进附近的一口井中想要喝水时,吸进了恶臭的空气,被井中令人窒息的气体熏得晕了过去。他已经连续病了几天,人们不知如何才能治好他的病。他们给他喂下所有能够治疗这类病症的药,但都没有成功。他倒在井边,失去了知觉,身体一动不动,连手指都不能动一下。

"安拉的奴仆啊,我以安拉的名义恳求你,请把他带到我面前吧,我要亲自给他治病。只有他像小马驹一样站立起来,太阳才会重新升起。"

她继续不停向我轰炸出一串字母混淆、语速飞快的话语。我发现她非常啰嗦,脑海中突然闪出一个念头,于是我对她大喝一声:

"你这愚蠢的女人！快闭嘴，听我说。"

她立刻住了嘴，似乎尽管一直啰哩啰嗦，却仔细听了我的话，而且完全领会了我说的内容。她从我的呵斥中缓过劲儿来，蜷缩起身体，缓缓地说道：

"真的，你是罗马人的女儿萨巫黛，你就是雷斯没完没了向我们谈起的那个人，我知道你。"

我以同样缓慢的语调，用充满愤怒和恐吓的语气说：

"很好，雷斯在哪儿呢？我和你说过了，你要把他带到我面前。"

"是的，是的，但是他无法起床，就像一件无法呼吸的破衣服。族长已经下达命令，要他待在原处不要动，直到把病治好。我是下定决心从家里逃出来的，现在我应该和你一起回去了，赞美安拉！看来这个年轻人说得很对，两天前他就一直在说胡话：'罗马人的女儿萨巫黛将追随我来到这里，当她来找我时，请让她进来吧。'"

天色已经不早，太阳就要下山了，那个女人还在不停地唠叨。她帮我骑上挽马，她自己骑上母驼，身后牵拉着我所有的行囊，然后，我们缓步走在去她家的路上。尽管我相信会在夜幕降临前救活雷斯，但是，我想要救治他的心情仍然十分迫切。一路上，这个女人一直不停歇地唠叨着。她告诉我，六个月前，他们带着她丈夫的头颅来到她面前。她从前是他的女奴，他疯狂地爱上了她，并娶她为妻。她爱他爱到疯狂，却没有给他生出后代。现在，她带着遗产回到了男方哥哥家,她像雌羚羊憎恶猛兽一样憎恶他的哥哥。现在,他的哥哥想娶她为妻,却不给她任何彩礼,因为她拒绝了他,并且日夜不停地辱骂他,所以,他也日夜不停地殴打她。如果她不把可能从他弟弟那里继承的全部遗产都给他,他就不娶她。她整天都在向他解释,他弟弟拥有的全部财产,已经和他的房子和葡萄园一起被烧毁了,可他仍像个蠢蛋一样,不停地反复说:"你自己还没有被烧掉呢,你还活着呢。"他就这样纠缠着她,而且会一直纠缠下去,直到她死去。

她讲的这个人就是那位族长,我们现在正朝他家的方向走去。我身下的挽马正咬住口衔,迫不及待地向前奔跑。我开始全神贯注地思考如何勒住挽马,还有如何能让那女人不再唠叨下去,似乎没有什么能让她停止说话。过了一会儿,我们俯瞰到某个枣椰林庄园的边界。从远处看去,我看到一小撮人好像在锄地和挖井。那女人高喊了一声,仿佛切断了自己滔滔不绝的故事的洪流:

"我们已经到了,这就是卡阿高欧·本·法里斯的家。"

接下来,她又开始号啕大哭:

"我真伤心呀,真伤心呀!我是多么恨他!现在他要继续殴打我、虐待我了。"

* * *

她让母驼跪卧在牲口圈旁。我走下挽马,把它托

付给其中一名白奴。那个女人正试图拉拽我笨重的身体,让我进入房间。我再次让她保持安静,对她呵斥道:

"且慢,女人,你要安静些,我要等族长允许我进房间,才能进去。你难道没有听过安拉使者的告诫吗?'在你们得到许可之前,不要进入别人的房间。'"

随后,我挨着骆驼,在原地跪坐下来,凝神看着弯下头自由吃草的马群,还有用长矛短矛全副武装起来的士兵。过了一会儿,我看见一群人走出房子,从容地向我走来。领头的是一位长老,他相貌堂堂,表情威严,面色红润,容貌英俊。他做了一个简单的手势,召唤我和他一起走。于是,我像母驼一样,从跪坐着的状态站起来,加入他们的行列。他一再对我表示欢迎:

"你好,欢迎你,姐妹,热烈欢迎。"

他们把我带到厅堂中央他的座位前面。同那些惯常急于处理繁忙事务的人们一样,他步履飞快,而我走起路来就像只乌龟。双脚踏过大理石地面时,我张大了嘴巴,环视四周,眼中一定流露出了张皇失措的神色……他的椅子紧挨着床榻,体积庞大,椅子上镶嵌了很多金银饰品,厅堂四周还摆放着一些长椅和用金线装饰的带有纯色半圆花边的地毯。麝香、龙涎香和各种香料的味道从玻璃瓶里沁出,从大理石圆柱上向外四溢。圆柱上方有很多没有点亮的色彩缤纷的灯,落日的余晖映照在亮闪闪的玻璃上,反射出黎明般的光芒。他让我坐在他的座位旁边,我主动和他开起了玩笑：

"哇，我这是来到了像贝尔姬丝①女王宝座一样的地方吗？"

他友好地笑了笑，然后大笑着高声说：

"姐妹啊，哪里有什么贝尔姬丝女王的宝座！欢迎你回到自己家！真的，自听说你的那一刻起，我们就清楚地知道，你是一个料事如神的预言者。"

我打量着他，试图从他身上找出那个女人描述的形象。那个女人伴称自己是他的弟妹，说自己受到了他的殴打虐待。可我眼前看到的，却是一个宽厚待客、能够帮人驱散忧愁、拯救命运祸患的长老。他是慷慨的阿拉伯男人，任何有求于他的人都不会失望而归，但是，他对女人极有操守，对于消遣娱乐奉行禁欲主义，因此，人们说他是个阳痿者。他披着斗篷大摇大摆地走路，那闪亮的斗篷就像薄暮中的龟壳。他的缠头巾上镶嵌着黄金、红宝石和祖母绿宝石。我知道他是一名波斯人，在忠贞的艾卜·伯克尔②时期皈依了伊斯兰教。他对战争毫无兴趣，将沙漠中央这块僻静之地作为他和家人的栖身之所，并爱上了这里的沙子与宁静，希望远离人类的喧嚣，从容记诵安拉的经书。他说阿拉伯语时稍微有些口吃，却能出口成章。来找他的女邻居们形形色色，络绎不绝。她们中有来自城里的年老柏柏尔混血儿，有高挑白皙的女

---

① 贝尔姬丝是古代也门赛伯邑王国女王，她统治期间，赛伯邑王国以富庶、文明和繁荣著称。——译者
② 伊斯兰教的第一位哈里发。——译者

人，有褐色皮肤的女人，还有来自巴士拉的黄皮肤混血儿。我舔着嘴唇，用目光搜寻他的弟妹，一边思忖道："如果所有漂亮女人都对他百依百顺，他为什么要把这个女人当作自己的遗产，对她纠缠不休？"但是我管住了自己的舌头，没有把这个疑问说出来，而是恳求他说：

"先生，我可以去看看雷斯吗？"

"安拉的奴仆，当然可以了，但是要在吃饭以后。我们正在这里医治我们的病人。"

我保持着沉默，心中忐忑不安。我的面前摆放着一个大木盘，里面盛着浓稠的肉汤，上面浮现出几块鸡肉。旁边还有一大盘米饭配红烧全羊和几杯颜色各异的饮品，我只能认出其中的红石榴汁，于是取了这杯红色饮品来喝。我已不记得有多久没有见过这样丰盛的筵席了。在旷野中，我亲眼见过那些逃兵从酣战中奔逃出来，相互残杀，只为了争夺屎壳郎，抢着把它一口吞食下去。除此以外，我还看见过其他东西吗？

一名女奴端着一个水罐走到我面前，我一边赞颂安拉，一边洗了手。我还赞赏了长老的慷慨相待，对他说：

"先生，你和哈贴木[①]真像啊！我是多么喜欢哈帖木和有关他的慷慨故事啊！走进您尊贵的宫殿时，我有些茫然失措，请您不要感到惊讶。已经不记得有多长时间，我见到的只有旷野中的饥荒和饥饿的穆斯

[①] 在阿拉伯文化中，哈贴木是慷慨的典型。——译者

林，他们从炽灼的战争中逃离出来，在荒野上昼夜徘徊彷徨。先生，我们在途中遇见的枣椰树上，连一粒未成熟的椰枣都找不到。我们在枣椰树下捡拾枣核，挤出它的汁液，不然我们就会饿死。"

我看到他的眼里似乎闪烁着泪光，随后他起身离开坐位，动情而哽咽地说：

"姐妹啊，快跟我来！现在该去见雷斯了，你知道吗？他把我认作远房亲戚。"

长老把我带进庭院的一个小房间，房间中央有一张柔软的床榻。雷斯躺在床上，皮肤泛黄，奄奄一息。这就是那个为了我去周游各地的人，他给我带来各种东西，好让我实现梦想和完成布杜尔的事业。现在，他却抱病躺在我面前，全身上下连一根手指都无法活动一下。

我一直守在他身旁，探摸他冰冷的额头，凝视他的脸。长老去忙自己的事务了，似乎他从波斯带回了一些泥瓦匠，为他建造宫殿。在离开前，他已吩咐仆人，让他们为我带来我需要的所有的东西，还让他们一直在我身旁候命。长老回到雷斯的小房间时，已是深夜，尽管我困得几乎抬不起眼皮，但还是努力睁开眼睛给雷斯喂了几口添加过玫瑰的水。我观察着他的脸，那张脸已经恢复本色，重新满血复活。

他在不停打呵欠，仿佛已经睡了几个世代那么久。长老看到他，就坐在他身旁，高兴地拍手欢呼：

"好极了，妙极了！这是天意！安拉是万能的，他是好施者①，小伙子，你会好起来的。"

我伸手递给长老一杯水，这是我专门为他准备的，里面添加了我让他们找来的植物。我有些害羞地说：

"先生，这是给你的。你尊贵的身体患上了可恶的水肿病，现在该是治好它的时候了。"

他迟疑而惶惑地从我手中接过水杯，满腹狐疑，可还是念着"奉至仁至慈的能治愈的安拉之名"，将植物水一饮而尽，然后反复说道：

"姐妹啊，你说的是真的吗？安拉祝福你，安拉祝福你。"

接下来，我开始给他讲述我和雷斯之间发生过的事，长老饶有兴趣地仔细倾听，这些故事就像谈论科学家和诗人的话题一样令他着迷。我不停给他讲我遇到雷斯后发生的事情，他时而笑得躺在地上，时而热泪盈眶。我讲到骷髅和我们吃的那些令人作呕的戴胜鸟、屎壳郎、蛇、甲虫和蝎子等食物时，他会强行打断，于是我赶紧跳转，讲述其他内容。不知为何，我没有遗漏和雷斯一起旅行途中的任何片段，连他为了让我成就布杜尔在埃及的事业，几次远行和数次来来往往为我寻找这片沙漠中生长不出的植物，我都向他讲述了一遍。这时，长老垂下头，低声咕哝了一句："布杜尔！"然后目光瞥向远方，陷入了沉思。他沉默良久，我以为他不再有兴致和我继续闲谈，但他最终还是开了口，仿佛在寻求一条通往真理的康庄大道。

---

① 安拉的美名之一。——译者

他缓缓地说：

"姐妹啊，我从那些男人和苦行者那里收集了好多古人的故事，却从没在这些故事中听说过布杜尔！但是我在古代经典中读到过达鲁凯[①]和她的时代，你在故事开头提到的关于她的内容，的确是事实。达鲁凯是古代埃及科普特国王泽巴的女儿，她是法老及其军队在大海中覆没后，第一个掌控国家政权的人。当骑士和勇士中不再有人能够捍卫国家时，达鲁凯便开始修建从东西南北四个方向环绕埃及的城墙，好把建有农场、城市、村庄和古迹的所有土地都圈围起来。她在城墙下面建造了一个有水流穿行的海湾，还修建了拱桥和沟渠，然后在城墙上每隔三英里便设置一批全副武装的卫兵。她给士兵们配备钟铃，敌人从任何方向入侵时，这些钟铃就会铿锵作响，于是，达鲁凯以这种方式保护了埃及，使埃及免受那些对它不怀好意之人的侵犯。人们说她用六个月的时间建好了那座城墙，人们说她让凶猛的鳄鱼环绕在城墙周围，以击退陆地和海洋中的猛兽和人类，人们说她和平统治她的帝国将近二十年，人们说她去世时的年龄近乎一百六十岁。这就是我在古代经典中读到的有关达鲁凯和她的时代，还有她的城墙的故事，人们把她的城墙称作老太婆的城墙。姐妹啊，但是我不记得这个故事中有哪个地方提到了布杜尔。"

* * *

---

① 埃及古代科普特国王泽巴的女儿达鲁凯。

现在轮到我默不作声了。我沉默良久，思考着长老讲的故事。突然，雷斯嘟囔一声，打破了这阵沉默。他筋疲力尽的声音断断续续，听起来像是从井底传出的：

"我们可曾预言过…你们将避开猛兽、逃离鬣狗？我们曾预言过的。

我们可曾给你们讲述过鬣狗的故事？它们因为对人肉垂涎三尺而去挖掘坟墓，如果没有在地面上找到人肉，它们便会到地下去寻找。我们讲述过的。

我们可曾提醒过…那些蛊惑你们肆意妄为砍断别人脖颈的人们，将使你们遭遇溃败、铩羽而归，让你们遭受极度的卑贱和屈辱，让你们对曾经拥有过的一切感到忧伤？我们提醒过的。

我们可曾说过…这里将变成无尽的废墟，你们将浸染在骇浪滔天的鲜血中？我们说过的。

我们可曾告诉过…一段时日之后，太阳将从西方升起？我们说过的。"

长老哈哈大笑，声音高昂而清澈，对他斥责道：

"年轻人，愿你吃点苦头！雷斯啊，这是卡阿高欧的家，不是让你欢腾跳跃的旷野。"

雷斯用手臂支撑着坐起来，满脸欢喜地嗔怪我说：

"萨巫黛啊，你来迟了，我差点死在这里。我现在就仔细听你说，你能给我讲讲那些恶棍都对你做了什么吗？我在睡梦中的时候，你们谈论我的那些话悄悄溜进我的耳朵,就像潺潺的溪水悄悄溜进梦境,让梦境变得更加甘甜。"

他把目光转向长老,对他说道:

"叔叔,您知道吗?我曾到访过法老的国度,在那里遇到了很多撰写历史卷宗的人。他们所有的人都十分了解布杜尔,也知晓她的事业。"

我给雷斯讲了赛义夫和他手下们的事,还有阿芙拉如何把我从填满干柴的沙坑中解救出来,一直讲到我如何获得了一群骆驼、一匹挽马和几只鸡,还遇到一个不停重复我的言论的疯癫女人。疲惫困顿的长老刚刚告辞去自己的卧室睡觉,雷斯就从床上逃到我身旁,像十足的疯子一般,惊惧地对我耳语道:

"我现在已经完全康复了,我们快走吧,好继续赶路。罗马人的女儿,没关系的,我会把你鞍袋中所有被他们毁坏的东西都带给你,我们将继续跟在他们身后匍匐前行,或许我们能够抵御他们对整个国家和所有人类四处散布的伤害。"

我抓住他的手,让他待在原地:

"坚持住,年轻人,忍耐一下,我们一定会继续上路的,但是要过了明天,在你痊愈以后才行。我们要向这房子的主人告别,而不是这样不辞而别,我要答谢他的款待。"

后来,我们在卡阿高欧的家中逗留了两天一晚。我们在他院落的枣椰林间漫步,在石榴树下闲坐,深夜里还在谈论眼下的战争以及尘世和后世的生活。我问道:

"雷斯，是什么蛊惑男人们放弃这样的乐园，转身奔赴地狱或死亡，让家人流离失所，让家园变成废墟？"

雷斯的目光看向远处，像是倾诉秘密一般，对我低声耳语，声音像极了小鸟断断续续的鸣啭：

"光荣…荣誉，姐妹啊，有一个魔鬼的名字叫荣誉，或者说，有一个魔鬼的名字叫永存，或许它还叫自大或傲慢，姐妹，从这些名称中选一个你喜欢的吧。我倒在深井旁的时候，不知道自己遭遇了什么。在等待与安拉相见时，你知道我看见了什么吗？我看到的人们像极了我们遇到的那些战士、骑士和鼓手，他们在延首远望，双手伸向天空。我一直环顾四周，思忖道：'这些焦躁的人们在争夺什么？'或许我知道他们期许从天空中得到什么。我突然看见了什么东西，像是夜晚点缀沙漠的星星，但是它们越接近大地，体积就变得越大……它们光芒四射，它们熠熠生辉。这些星星悬挂在天空与大地之间，每颗星星上都用十分清晰的字迹写着安拉的美名[①]，然后我注意到，这些人正试图接近这些星星，想要抓住它们。我看见他们中有人为了得到那颗上面写着"全能"的星星，挖掉了站在他身旁的人的眼睛；有人为了得到那颗上面写着"强大"的星星，砍掉了他旁边的人的脑袋。我一直抬眼望着天空，观察星星上闪烁的名字，随后我的目光落在大地上，观察人类犯下的罪行。现在，他们正在追逐那些把他们甩在身后、逃到他们前面的星星。他

[①] 《古兰经》中有关安拉的99个尊名。——译者

们就像一群旅途中的鬣狗，一个人刚倒下，其他人就开始噬咬他，然后继续跟在不断远离的星星后面奔跑。我有很长一段时间都处于这种状态，直到我听到你在我身旁说话的声音，才不再看到这些景象。姐妹啊，你让我想起了一切人间之爱，我得救了。"

我的泪水喷涌而出，不知该如何回答他的梦境，许久的沉默在我们之间蔓延开来。最后，还是雷斯打破了沉默，他突然哽咽着说道：

"请看在安拉面上，姐妹啊，请对我说实话，我已经疯癫了吗？"

于我而言，我宁愿找个地缝钻进去，也不想回答他的这个问题。我说：

"年轻人，疯癫二字很久以前就写在你的额头上了。哎，雷斯啊，真希望我能够用自己的双眼换回你的安然无恙。"

雷斯没有理睬我，一言不发地走向院子。真希望我当时没有对他说实话，他的疯癫已经开始以烈火吞噬枯草的速度日复一日吞噬他的存在。我决定带他远离这座宅院。卡阿高欧长老不希望我们离开，他推迟了我们的行期，命令仆人为我们备办更多的干粮和行囊。当我们整装待发时，长老拿来一些白石版和无叶的枣椰树枝给我看，我用手握住薄薄的白色石块和几片枣椰叶柄，端详上面的字。我看着雷斯，试图吸引他的注意，对他说道：

"雷斯，你读过这个了吗？你知道的，我不识字。"

可是他没有回答我，而是在激动地观察一只正在捕捉蚊子的苍蝇。那只苍蝇把蚊子吃掉了，接下来，当这只苍蝇尾随一只蜜蜂并把蜜蜂也吃掉时，雷斯激动地提高嗓门赞颂安拉。这一次，他的声音十分柔美，笑容里带着凋零的哀伤：

"我们可曾预言过…仇恨将把你们的五脏六腑烧毁殆尽？我们预言过的。

我们可曾说过…你们将成为杀人者和被杀者、劫掠者和被抢者、暴虐者和被压迫者？我们说过的。

我们可曾在旷野中呼喊过…那些领先于你们和将要追赶上你们的民族，将会嘲笑你们的愚蠢？我们呼喊过的。

我们可曾给你们讲述过那些有点国王模样的人的故事？他们登上帝王宝座，便以为自己变成了神灵。我们讲述过的。

我们可曾提醒过…你们将一直把那些并不神圣的东西奉为神圣，走上奉承谄媚者的道路，并且执迷不悟，一意孤行？我们提醒过的。"

我对长老耳语道：

"真的！我可没说过这些话。"

长老用手抚摸着雷斯的头，笑着说：

"雷斯啊，你是受安拉喜悦之人，你将在乐园里与孩童们一起嬉戏玩耍。你是舍弃尘世之人，不会悲伤难过，我知道你会有福的。"

我向长老靠近了一些，很小心地对他耳语，以免雷斯听到我的话。我对长老说：

"长老啊，我心里有个大大的疑问，因此我的心快要爆炸了。我很清楚这件事与我无关,但是如果我问了这个问题,请您原谅我,只有您令人信服的回答才能将我从对这个问题的执念中拯救出来。那个把我带到您家里的女人……"

他没有让我把话说完。他没有生气,只是皱着眉头,害羞而忧伤地同样对我耳语道:

"姐妹啊,我认为你能够独自回答这个问题。自从他们把她丈夫,也就是我弟弟的脑袋扔到她怀里以后——她很爱他,甚至到了崇拜的程度——她就失去了理智。从那日起,她便日复一日赤身裸体离开我们的家,出走到荒野中,我派人在后面跟着她,再把她带回来。我们曾经积极地医治她,现在却只能祈祷安拉让她恢复理智,好让我把她嫁给一个令她满意的丈夫。"

我羞愧地低头看向地面,随后,他帮我们骑上牲口。在我们出发前,他抓住了母驼的笼头,这时雷斯已经出发,骑着挽马走在我前面。那匹挽马正咀嚼着笼头和马衔,口水流了一地。我自嘲地说:"真像是半头母驼骑在了一头母驼上啊!"长老回应我说:

"姐妹啊,你知道吗?男人是女人唯一真实的镜子,那个让你觉得自己丑陋不堪的男人难道不该死吗?女人啊,那是镜子的过错,真的,我只看到你是一个娇艳妩媚的女人。"

我被长老的话吓了一跳,哪怕只有一秒钟,我都不曾这样想过。我向他道别,催促母驼赶上雷斯,同时聆听着自己刚才在他耳边低语的回声:

"尊贵的长老啊,我不知道布杜尔是否真实存在,就像我不知道把我的话溶解在水里,和草本植物混合在一起是否奏效一样。但是让我问问你,在我之前曾有多少名医生给你治疗过?你曾吃下过多少捆艾草、苦艾、甘菊和延命菊?你有多长时间只喝骆驼奶,既不吃食物也不喝水?先生啊,难道你不认为,这个世界或许能够承受安拉创造的众生所说的话语和所做的重大行动吗?"

* * *

姑娘啊,现在我们又回到了荒野和沙漠,我们越是深入腹地,就越是远离了人类、草木、水源和动物。为了不被鬣狗捕获、落得苍蝇那般的下场,我们变得警觉起来。当鬣狗闭上嘴巴时,那群苍蝇便把鬣狗齿间的残余腐尸当成了食物。我们从战争中逃离出来,却又像猛禽追逐商队中掉落的食物那样,追随着部队大军的脚步,又向战争奔去。天际间,除战争之外,别无其他。我们身后是败北的溃军,天空中充斥着他们的嘶吼声。正午的太阳炙烤着我们的皮肤和周围的一切。我已经十分虚弱,无力从眼前和鼻尖上赶走成群的苍蝇。在挽马死去、母驼饿死以后,这片大地上仿佛只剩下了我们。我们只能割开它们的肚皮,把它们处理干净,先吃掉一部分来抵御饥饿,再把其余部分腌制起来,作为我们奔赴库法路途中的粮食给养。我们行走了数月数日,经历了炎炎烈日的炙烤和旷日持久的口干舌燥。我们时而跌倒,时而爬起,时而像骆驼一样伏卧在地。被路上的骷髅骨绊倒时,我们便用脚把它们踢向天际。我知道自己将会死在这远离家乡的旷野中。每经过一个地方,我都会自问:"这就是最终的结局吗?"沙漠的蜃景对我施以严厉惩罚,我把这片淹没我的灵魂的沙土当成了枣椰林、葡萄园和羊群,于是我蒙上双眼,逃离这耀眼得令人炫目的溪水,把全部注意力都集中在保护雷斯残存的理智上,以免这些理智挣脱他的头箍。当我由于热病发作处于恍惚边缘时,突然听到他朝天空大喊了一声:

"萨巫黛啊,那是一条波光闪闪的小溪!"

起初,我并不相信他,只是伫立在那儿,仿佛自己是自古以来就一直挺立在旷野的一块岩石。可是我发现空气变得湿润了。他拉起我的手,我跳入水中,这才相信那真的是水。我一口气喝了个痛快,这水是多么甘甜啊!雷斯一边把水洒到我身上,一边不停地念叨着:

"萨巫黛,在我们之前似乎从没有人触碰过这里的溪水。它就像是安拉从乐园里为我们投下来的。"

我们在这里多停留了一段时间,在这人迹罕至的小溪旁休息下来。我没有在这周围看见任何生物的痕迹,仿佛它是海市蜃楼,或者是造物主捏造出来的,过一会儿或许就会被造物主收回。我们知道,还有不到十天的光景,我们就可以到达底格里斯河了。我向天空望去,一只鸢已经像云朵一样跟随了我好几天,我还以为在我抵达这条小溪前它就已经死去了。有时，我在清晨从睡梦中醒来，发现雷斯在目不转睛注视我的脸，似乎已经盯着我看了很久。最近几个月以来，我一直对他心生畏惧，所以，我已经开始像兔子一样睁着眼睛睡觉。他走到我身旁，像说悄悄话那样在我耳边低语。在旷野中，只有安拉能听见我们的声音：

"女人，你欺骗了我，你用承诺迷惑了我。你知道，即便承诺没有兑现，你也不会丢失性命的。女人，你这个女巫是有多坏啊！女人，布杜尔的事业在哪儿呢？我不是已经把你需要的所有的东西带给你了吗？战争快要结束了，已经有太多人死于这场战争。"

他开始提高音量，像是在讲台上发表演说：

"萨巫黛啊，我曾在库法的土地上，从溪流旁给你带回一捆无叶的枣椰树枝，你都不会问问我关于库法旅途的事情吗？"

他继续提高音量，几乎是在嘶吼：

"女人，我在那里见到他了，我见到了你的那位欧麦尔·本·欧迪。女人，不瞒你说，在见到他之后，我才感到舒心。"

然后他开始大笑不止。时间一天天过去，他的笑声越来越像鬣狗的咆哮，我几乎无法从这笑声中听清楚他说的话：

"女人，他身上有一股恶臭，他比蝎子还要愚蠢，他的声音像是猴子的叫声，同时他又比狐狸还要邪恶、狡诈和卑贱。女人啊，在我看来，他在这场战争中的唯一作用，只是狐狸一样无以伦比的武器，我的意思是说，耍滑头和装死。我对他恨之入骨，所以我去找他了。我走到他身旁时，突然闻到一股恶臭，这气味比戴胜鸟①的臭味还要难闻，我差点当场昏厥。我开始集中全部注意力去回想我要告诉他的几句话。他面前放着一杯伊拉克烈酒，他把酒一饮而尽，很快酩酊大醉，口水飞溅到他下巴的胡须上。他一边嚼着嘴里的东西，一边下意识地用脚趾在沙土上描画着什么。"

姑娘啊，我已心灰意冷了很多年，再也不想继续数一数究竟过了多少年。可我从未经历过这样的灼痛，于是我开始思索他零零散散的说话内容，嘟囔着说：

"年轻人，住嘴！你在用你幻想出来的愚蠢故事欺骗我，好让你自己发疯。"

雷斯又对我低声耳语起来，他像麻雀一样在我周围跳跃着。自从我们告别了长老，我就不知他的双脚发生了什么，他已经无法正常走路，只能跳跃着走，仿佛生来如此，就像从不走路而只会跳跃的麻雀。他两脚并拢，开始跳跃，整个身体转圈跳向挽马，一直这样跳跃着尝试了不知多少次，最后终于成功骑上挽马。他的样子逗得我哈哈大笑起来。

"不是的，姐妹，和你说实话，我确实见到他了，我不知道为什么对你隐瞒了这件事。"

---

① 由于戴胜鸟不处理雏鸟的粪便，加之雌鸟在孵卵期间又从尾部腺体中排出一种黑棕色的油状液体，鸟巢很脏很臭，故戴胜鸟又有"臭姑姑"的俗名。——译者

然后他再次大喊道：

"女人，他像老迈的狗一样，长着最黑的白齿。你的这位欧麦尔丑陋至极，像乌鸦一样卑贱。他的爪子既软弱又钝惰，所以无力去捕获食物，也就是说，他卑贱得像乌鸦一般，看到腐尸，他便会吃掉它们，否则他自己就会消瘦死去。他跪在原地，像所有软弱的鸟类一样吃着腐尸。我曾听见他们交头接耳，说他是这场浩大战争中倒卖武器的商贩，说他发了横财，说他酷爱战争和宗教事务，甚至在战争开始之前就能从远处预知谁是战败者、谁又是胜利者。他在溪流边一个同他一样肮脏的帐篷里收集了大量从战争中敛集的陶瓷罐，它们比我见到过的任何瓷罐都要精美。无数堪他尔[①]的纯金块像石头一样散布在他周围，第纳尔[②]金币装满了公牛皮制成的无数个袋子。当我主动向他问好时，他的双腿和双脚被绊倒，随后向我依靠着寻找支撑，好让自己能站起来。他支支吾吾地说着什么，然后对我呵斥道：

'你母亲真该死！你这家伙是谁？'

他盯着我看了好一会儿，然后再次跪坐在自己的位置上。姐妹啊，这是我第一次千真万确地知道，我已经疯了，或者说我几乎快要疯了。你的这位欧麦尔本想哈哈大笑，但是他把脑袋几乎垂到胸口，顷刻间抬起头，嘴里像是含着水一样说道：

'年轻人，你是诗人吗？我认识你，你这个没长胡

---

① 埃及重量名，约等于44.928千克。——译者
② 阿拉伯古代金币。——译者

子的家伙，如我所预言的，你是半个诗人和半个疯子。很好，年轻人，很好，你坐下。今天安拉给我派来了一个伙伴，让我听听你如何赞美欧麦尔·本·欧迪，我会奖赏你一袋金子。快开始吧，年轻人，你还在沉默什么呢？'

随后他马上说道：

'当然，当然了，或许你还不认识我，年轻人……'

接下来，他仿佛大哭一般，像受伤的猴子一样尖叫着，无比惊讶地问道：

'年轻人，或者说你不认识欧麦尔·本·欧迪？'

姑娘啊，我被他的口若悬河惹怒了，于是打断了他的话。我意识到他讲述的是既定事实，可我并不想知道这些内容。

'年轻人，你说得太多了。好了，够了，你不要再诋毁本·欧迪了。'

可是他仿佛没听见我说话似的，或是好像我在催促他把故事讲完一样，继续说道：

"他重新调整了语气，像站在国王鼻尖上的苍蝇一样骄傲地说道：

'我是欧麦尔·本·欧迪，我就是哈里发开玩笑用杜拉①杖打我的那个人。我的部族有最优秀的血统和最高贵的出身，自亚当从乐园降临人间一直到现在，我们家园的灯火从未熄灭过。自从先知易卜拉欣建造麦加天房起直到现在，我们一直是天房的守护

---

① 杜拉：哈里发拿的小手杖，用它打人并不会疼。

者。我们是战争中的雄狮，而其余的人都是乌鸦。'

他沉默了一会儿，半睁着双眼再次看向我，下垂的嘴唇流出口水。我在他面前俯下身，略带嘲讽地说道：

'先生啊，是你自己说的，我只是半吊子诗人，你何不恕我提个问题，请你敞开心扉回答我呢？这样我才能找到一句适合你的诗句，而且永远用这句诗来描述你。'

他慵懒得无力说话，只是像生了疥癣的母山羊一般，一直在点头。我爬向帐篷门的位置，他都没有斜眼看我一下。我说道：

'阿拉伯人的首领啊，如果我为了你给鬣狗描述出一些值得称赞的习性，这会令你满意吗？你这魔鬼投在大地上的最丑陋的影子！我是否要赞颂你说，魔鬼将亲自跪拜在你的双膝前称赞你，因为你做了他的工作，所以要把他的酬劳赠予给你？我是否要颂扬你那只有狼才会拥有的鼻子？倘若这鼻子嗅到人血的气味，那就只能祈求大仁大慈的安拉怜悯这个人了。你是不是喜欢我为你数一数，如同我们与国王约定的那样，究竟有多少死者被你遗弃在了旷野？他们当中有人被你挥剑斩首，瘫倒在血泊中。我曾亲眼看见，他们的身体在野外慢慢胀起，还被翻倒过来，仰面朝天。鬣狗把他们踩在脚下，将他们吞噬得尸骨无存。我还看到过他们凝望天空的眼神。你希望我把你描述得像雄狮一样吗？可是先生啊，我看到过狮子饥饿时吃得毫不体面，全无勇猛之态。我该怎么做呢？或者你更愿意像我看到的这样，成为阿拉伯人前所未见、举世无双的杀手吗？'

我站在帐篷门口继续对他说：

'本·欧迪，你知道吗？我一定会在旷野上的众多死者中间寻找你的尸体，我知道这一天很快就会到来。在此生中，我要试着至少模仿你们一次，我会像信德①那样，切开你的大肚子，取出你的肝脏嚼一嚼，只有在那时，我才会了解真正的鬣狗的肝脏是什么味道，尤其是那种荒淫无耻且背信弃义的鬣狗。'

他像轰赶苍蝇似的轻蔑地挥了挥手，大笑起来，在我看来，这笑声就像是奄奄一息的人临终时喉头发出的咯咯声。随后，他把头几乎垂到胸口，平静地说：

'不要紧，年轻人，你不必担心！从你来的地方走向荒野或者下地狱吧，对我来说，这两者没有什么不同。'

他喊来一名像他一样酩酊大醉的白奴，对白奴小声嘀咕着含混不清的字句，我不知道他说的是什么。但是当我撒腿奔逃时，发现这名白奴在后面气喘吁吁地追赶我。他把一根拴在雌羚羊脖颈上的绳子塞入我的右手，把一只盛了酒的皮袋放入我的左手。我狂笑起来，心想，这个长着扁平鼻子的笨蛋是从哪里得知我和女巫一起做事的？他把这份礼物赠送给我，是想以此抵御巫术的伤害？既然这个酩酊的白奴已经用利剑剖开了骡子的腹部，那么，我就去了市场，把皮袋

---

① 阿特巴·本·拉比阿的女儿信德，残害了穆斯林的领袖哈姆宰·本·阿布杜·麦特莱布，在派去凶残的奴隶杀掉他之后，她剖开他的腹部，吃掉他的内脏，以此报其杀父亲、杀伯父和杀兄长之仇。她是使者穆罕默德准许对其格杀勿论的四个女人之一，但是当她皈依伊斯兰教，向安拉悔罪时，得到了原谅和宽恕。

中所有的酒都用来浇灌苦西瓜①树，它本来或许可以结出果实，现在却无法结果了。然后，我把那只雌羚羊放生给需要它的人，用五十个第纳尔金币买下一只母骡，这些金币是我从你的这个骡子欧麦尔那里抢来的，他和他的白奴们丝毫没有察觉。我刚刚回到你身边，你便开始问我关于一只恶臭的、郁郁寡欢的白色母骡的事情？"

由于刚才一直在不停地嘶喊，他的声音开始低弱下来，我还以为他的喉头在发出啼哭时的咯咯声。他仍在不停跳跃，却不再像以前那样引人发笑了。他用更高的音调嘶喊道：

"女人，你就像是狗身边的苍蝇，你会因为你的这个霉烂的男人而气急败坏，除了他，你别无所求，女人，你比鸽子还愚蠢，你……"

他突然停止跳跃，气喘吁吁地说：

"女人，你就像呆蠢的母鸡一样紧紧抓住一棵树不放，当几十只猛兽从这棵树旁经过时，母鸡躲在树后，骗过了猛兽，拯救了自己，然而当胡狼经过时，它却主动向胡狼投怀送抱。"

他走到我身旁，眼中流露出愤怒和恐吓之意：

"女人，希望你不要继续迷恋那只鬣狗了，以免你们在乐园庇荫于同一个阴影下。到了那天，大仁大慈的安拉将会呼唤说：'在只剩下我自己的影子的那一天，我会把那些相亲相爱的人们都庇荫在我的影子下面，可他们都在哪儿呢？'"

---

① 葫芦科植物，作猛泻剂。——译者

他又靠近我几步，怒气冲冲地说：

"女人，或者你去请求那些鬣狗现在就把你吃掉吧，与安拉让你和你的这位欧麦尔在后世团聚相比，这对你来说会更好些。你去想象一下如果永远和他在一起会是什么样子吧。"

我意识到他可能会要了我的性命。尽管我现在虚弱无力，状态不佳，但还是设法支撑着四肢站了起来。我对他吼道：

"坐下，雷斯，否则我咬掉你的脑袋！年轻人，你怎么啦？我不是说过让你住嘴吗？不要再诋毁他了，你已经变得不只是发疯，还变成聋子了吗？"

于是这个年轻人在我身旁坐下来，开始痛哭流涕。这时，我试着听辨踩踏在地面碎石子上的脚步声。我环顾四周，对他低声说道：

"雷斯，我以安拉的名义恳求你，别哭了，有人正朝我们走过来。"

我还没有把话说完，就发现有一个人在奴隶的陪伴下，站在了我们面前。这个男人把宝剑插在沙土中，像是从昨晚开始就一直在和我们聊天一样，从容地说道：

"你们两个是谁的眼目？"

我抓住雷斯的手，以防他开口说话。我回答说：

"我是'她父亲的女儿哈巴巴'，是从布尼·麦赫祖姆家逃出来的。这个年轻人已经神志不清了，他在沙漠中失去了理智，但我是在他的帮助下才来到你们这片尊贵的土地上的。是他让我得以逃离我所在民族的压迫，到这里避难。那里的安拉土地虽然广阔，却容纳不下我的足迹。现在我们来到你们这里，奢望从你们的恩泽中求得庇护。"

或许这是我听到的最后一句话……

"好！好极了！……"

*　　*　　*

我苏醒过来的时候，环视四周，起初并不相信自己的眼睛。当我听到那个人柔和悦耳的说话声时，才相信这是现实。他像是从昨天到现在，一直在和我们大声聊天一样，高声问道：

"这只比天空中所有的鸟都飞得更高的鹫是谁？它在麦加的高空吃早餐，现在却要和我一起在伊拉克吃晚餐？"

姑娘啊，这个人就是卡阿高欧长老，我没有问他命运是怎样让我们再次相遇的，但是当他亲手给我喂东西吃时，我抢先说道：

"我不知道我们在丛林的最高处逗留了多久，但是这一次，我和小狗一起吸吮母狗的乳汁，我从没有路人经过、只有鸽子居住的水井中汲水喝，我走遍了沙漠、旷野、岛屿、丛林、山岳、平原和沙丘……风沙刚一吹尽，便又卷土重来，让我无法完成布杜尔的事业。然而在这荒野中，那个喂养乐园中又聋又盲的牲口的人在供养我，我没有感到丝毫内疚，因为我迷了路。我本应该一路循着标记，走向布杜尔的家，去获取她的秘密。'她父亲的女儿哈巴巴'的身影已经不止一次出现在我面前,向我打手势,让我追随她,然后,她步履蹒跚地带领我朝大海的方向走去。可是,我并不信任她的手势。我在猛兽和毒蛇中间睡觉,老迈的蝮蛇一连七个日夜都缠绕在我的脖子上,直到我获得或许可以拯救我部落的奥秘,它才松开我的身体。除了安拉禁食的自死之物和猪肉以外,我已吃遍沙漠中所有的东西。雷斯曾是一名如麦加的羚羊一般美好而可靠的青年,他像鸽子一样人见人爱,可我却枉然失去了他。我厌恶自己民族的所有诗歌,这些诗永远在描写长矛、鲜血、战争、狮子、马群和骡子,所以我逃到荒漠中。几年来,我从山谷腹地辗转到山峦高原,像修行拜主者那样,脑海中只想着一件事,就是安拉为什么会让我以失败告终?我应该像既没有巢穴、也没有同伴的鸟儿一样,拖着沉重的身躯在这个世界上生活。清晨,风沙扇打我的脸庞;夜晚,冰霜击打我的头顶。为了实现目标,我牢牢守住几个岩洞,可是为何我学到的符号和图形仍没有战胜他们对鲜血的渴望?我踏遍所有路途,开始哀悼我的坏运气。我就是如同母狗一般敏锐的那个人,不会被装死的尸体所蒙蔽。我仔细观察,看着他们躺在地上的样子。只见他们侧腹鼓胀,双腿抬起,我便知道他们是像狐狸那样生气勃勃的杀人凶手。我就是在拥有多余的山羊奶时会给母狮幼崽喂奶的那个人;我就是为了阻止流血事件久久伫立在秘密前面的那个人。但是,我无法破解秘钥,于是失望而归,每当目标快要实现时,我都会发现自己与目标的距离,就像初生的鬣狗距离太阳那般遥远。我曾体验过一切悲伤,不止一次探测到爱情的奥秘,却发现爱情对我避之不及。我就是连一只猛兽或鸟禽都舍不得伤害的那个人,我曾经以为,鬣狗的幼崽会把我当作它们的妈妈或者爸爸,这样看来,我当时难道像母狼一样,让我和它们一度以为,我们之间可以像狼和鬣狗那样交配?我曾在沙漠中结交了一些向导、驴夫、路人、旅行者和战争贩子,我追随着他们在沙漠中的足迹。这些人向我解释,他们是如何因为过分傲慢而变成这片大地上魔鬼的影子的,或许我会相信这种说法。我就是被他们的女奴当面斥责的那个人,当我同这些女奴相遇时,她们责怪我说:'萨巫黛啊,那些人高举起我们部落的名号,你为什么要辱骂他们?'我在他们身上洒下一捧沙土,这沙土中浸染了我能记下的唯一咒语,然后,我仔细观察他们。我看见他们头上的犄角重新显现出来。这时,女奴们放声大笑:'这些男人真该死,他们给我们描述过你的相貌,要比你本人好看得多,他们究竟是用耳朵还是用尾巴看东西的?'我在等待自己命运的结局,已经对它心悦诚服,然而,命运向我隐瞒了一个阴谋。我就是被他们用鞋靴殴打的那个人,因为我预言了他们的全部命运。我就是那个机敏精明的女人,那些带刺的蝎子都要提防警惕我,可是为什么当我走在人群中间,说出我看到的景象时,人们只把我的话当成耳旁风?我宁愿行动迟缓,好去庇护那些为了赚钱去出卖良心的人们,只要安拉还没想去揭发他们。我就是做梦时，梦境中充斥着兀鹰利爪的那个人，我对那只怯懦的鬣狗悄声说道：'你现在去袭击那只兀鹰吧，它吃得太饱，飞不动了。'可是它却只喜欢吃死人的肉。我生怕变成安拉所说的那种人，甚至怕得要死。安拉曾这样描述他们：'曾有一些男人，求些男精灵保护他们，故那些男人使他们更加骄傲。'①在血雨腥风的旅途中，鬣狗为了争夺统治权而拼抢厮杀，给我带来极大灾难。人们说我是视力最好的人，比鹫——特别是荒野中的鹫——的目光还要敏锐。在旷野中，我只能找到一条荒凉的道路，于是我背负着被折断的翅膀前行，没有可以一展歌喉的甜美声音，没有用来击斩的利剑，也没有可以让我打扫干净并用来供养家人的房屋。当我用毕生的时光去追逐海市蜃楼，追逐令我内心饱受煎熬的某只鬣狗时，我得到了什么？我像刺猬一样从白昼的光辉中奔逃出来，然后在夜晚的某只衣兜里找到它。从数年前开始，我就一直在荒野中游荡，可我究竟在追逐什么呢？从前的暴君会手握权柄，将利剑举向明天，他们是想让明日不要来临吗？我看见的景象令我疲惫不堪，面前所有的道路都被封锁起来，因此，我只能来这里汲饮浸染了鲜血的污水。鬣狗们像是从超越生死的地界中逃出来的一样，不止一次地仔细打量我，然后对我失望至极。我要赞美安拉，是安拉让我略微避开这片大地和这片大地上的伤害，没有在他辽阔的王国中把我变成一粒扬尘。我已被'她父亲的女儿哈巴巴'的灵魂附体，于是，我了解了男人们在陷入爱河时的甜

---

① 此语出自《古兰经》精灵章第6节。——译者

蜜。我一直没有忘记那位苦行者，他在某个牧场中追随我好几天，后来终于向我倾吐秘密。他陷入了一场精神恋爱，却不能同那女孩结婚，无论白天黑夜，他都听得到自己的心碎裂的噼啪声。他请我为他简单唱支歌，我对他说："我的声音曾经能让羊圈中的母山羊欣喜若狂，可以让它们变成人类，可是我已经失去这个声音很久了。"然后我向他坦承我能够做到哪些事，但是他拒绝接受我帮他带上护身符，这护身符能让他和他的心上人共处一室。他忧伤地说：'万万不能！安拉在用痛苦考验我，他不许我从这痛苦中逃脱。'

我看见爱情会让男人的内心发生怎样的变化，我也知晓他们一旦放弃对爱情的抵抗，安拉的大地便会变成乐园。可他们为什么要逃离爱情，对它拒不承认呢？他们把玫瑰的芬芳变成了马粪的气味，只有把爱情归还给马粪，这玫瑰才会存活下去。"

卡阿高欧长老放声大笑，笑得差点背过气去。他支走了在他面前奔忙的阉人。这些阉人为他饲养了一只以他的名字命名的信鸽，叫卡阿高欧信鸽。我再次环视四周。我们正身处一个富庶的花园，它的旁边有一座宫殿，宛若我们听说过的那座科斯鲁宫殿①。这座宫殿俯临河畔，这是我第一次看到河水流淌的样子。得知他把自己这座富丽堂皇的宫殿命名为"萨巫黛"时，我震惊极了。我站起身，重新观望那座宫殿，它仿佛是安拉的乐园在这片大地投下的某个幻影。直到听见他动情的说话声，我才如梦方醒：

---

① 在伊拉克境内。——译者

"请坐,别累着自己,快和我说说,你觉得这条河流怎么样?安拉的奴仆啊,别紧张,你已经接近旅途的终点了。"

我像是突然从梦魇和谵语中惊醒一般,问道:

"雷斯在哪儿呢?"

他告诉我,一伙入侵的盗贼差点要杀死我和雷斯,他的手下为了保护我们,同这伙盗贼展开了搏斗。他还告诉我,他一路跟在我们后面,一直陪伴我们抵达埃及。我开心极了。他说,雷斯因为受到太多骷髅头和鲜血的刺激而丧失了理智,不止一位医生正在为他治病。那些医生说,他们将把雷斯头脑中所有可怕的故事都散布出去,让他恢复最初的样子。他对我说:"女士,这场战争或许是安拉对我们的考验。"然后他看着我的眼睛,看了许久才说道:

"萨巫黛啊,我们应该稍微回忆一下过去,好让我们医治好你这颗患病的心。欧麦尔·本·欧迪已经同意今天傍晚同我见面。"

我没有说话,只是听着花园里传来的小鸟的鸣啭和歌唱。傍晚时分,我去探望雷斯,他躺在柔软的床榻上,仍在胡言乱语:

"我们可曾提醒过⋯历史将因你们亲手犯下的罪恶而深感汗颜,它将无法书写你们的故事和生平事迹?我们提醒过的。

我们可曾对你们讲述过⋯兀鹰、鹫和猛禽为什么会追逐你们的军队和商队?我们讲述过的。

我们可曾说过⋯⋯你们将像兀鹰一样贪吃,数年来停留在原地，无法飞翔？我们说过的。

我们可曾告诉过…几十年后，你们将没有任何逃路？你们只会如行尸走肉般活着，那时你们将有一个梦想，就是回归最初的生活，特别是回到这个灰暗时刻，好让你们纠正亲手犯下的罪恶。我们告诉过的。

我们可曾预言过…过段时间，太阳将从西方升起？我们预言过的。"

我用手扒开他的眼睛，发现他由于疯癫导致的眼球突出，已经完全恢复了正常，我顿时喜出望外。我们路过鸽笼时，长老拉着我的手说：

"或许你是知道的，世间万物中，只有人类和鸽子会接吻。"

接下来，他把我带到一些年轻人跟前，这些年轻人正埋头在纸上写字。他注视着我，看到了我眼中流露出的羡慕与茫然的神色，于是问道：

"我决定要教你写字，萨巫黛，你觉得怎么样？"

傍晚时分，我们去见欧麦尔·本·欧迪时，他松开手，让我独自走进欧麦尔·本·欧迪的帐篷。这座帐篷和雷斯描述的一模一样，但是雷斯没有告诉我，他被人挖掉了一只眼睛。帐篷中散发出一种腐败的味道，那是因为他的小腿被利剑刺伤，没有得到及时的治疗，伤口已经溃烂。他仍然酩酊大醉，但是过了一会儿，他便认出我是那个曾被他压在身下的女人，是那个在旷野中一直追逐他的女人。他表现出一如既往的粗鲁无礼，抢先问道：

"女人，我们注意到你在旷野中辱骂我们，是谁把你派到我们这片土地上的?"

从走进帐篷的那一刻起,我已经不再爱他了。但是我站在门外,说了一句话:

"我的女儿……"

他哈哈大笑,舌头僵硬地说道:

"女人,你就是邪恶之源。我的女儿哈巴巴爱上了一个暴动者,有人跑到我面前来诋毁她和她的男人,我就把她藏了起来,让所有人都找不到她。我要把她嫁给一个我中意的男人。"

长老在帐篷门外抓住我的手,准备离开,但是他咆哮着拦住了我们:

"女人,你这个逃亡的女奴,在我记忆中,还没有人向我支付过你的费用呢。"

长老松开我的手,把他随身携带的所有财产都拿了出来,那是一千个第纳尔、一匹挽马和一只带有舒适驼轿的母驼。当我小声对他说,欧麦尔在我身上只花了大约三十个第纳尔时,他温和地笑了笑,用讽刺的语气说:

"萨巫黛啊,请看在安拉的面上,让我们离开这里吧。"

我们从军营一样的地方走出来,路过一些正在制作锁子甲的铠甲匠,欧麦尔·本·欧迪的生意,就是把这些锁子甲贩卖给交战的几队人。小鸟一直在天空中盘旋,整个返程途中,我们没有说过一句话。此时我们已经徒步行走了四英里[①],长老的手下们从远处保

---

① 1英里约等于1.609千米。——译者

护着我们,也是步行,没有骑坐骑。我像是刚从一场大病中恢复过来,已经连续两天没有说过话。在我们启程前往埃及之前,雷斯已经痊愈了。有一天,我与长老一同在宫殿的花园中散步,我问他:

"你为什么要把这样一座精美绝伦的洁白宫殿命名为萨巫黛①呢?"

他失望地摆摆手,脸上却展露出乐天派的笑容。他像开玩笑似的对我说:

"萨巫黛,我是多么担心你尝到的滋味像苦西瓜或这些罗勒一样苦涩啊!你看,你的鼻子和眼睛里饱含着爱意,可你却因为饱尝爱情的苦楚而无法品尝出它的甘甜。"

他为我摘下一支罗勒,不停用它逗弄我的鼻子,我终于笑了起来。他不停重复说:

"拿着!试着啃一啃,试试嘛。"

我们继续散步,他平静地说:

"很好,我要让你回想一下古代阿拉伯人是怎样给人命名的。我和你说啊,我们现在是依据命名对象的特征来起名字的,不然你的名字怎么会体现出这些特质呢?从你的名字里能看出你身材匀称,体态丰腴,目光甜美,神态坚定,口齿伶俐,一双野牛般的眼睛带有无与伦比的独特颜色,所有为这颜色倾倒的人都会感叹说'赞美安拉!'"

我低下头,害羞得快要把头贴到地面上了。这时他又高声说道:

---

① 原文为"السوداء",在阿拉伯语中意为"黑色的"。——译者

"萨巫黛啊,如果你嫁给我,我将释放手下所有的奴隶。"

宝贝啊,现在我已经不记得我曾在他的呵护下生活了多久。我在丝绸中打滚,幸福地打着呵欠。他教会我写字以后,我就协助他写下那些可以记录在史册里的故事。

宝贝啊,我现在毫不怀疑,我的时日已经不多了。我听见死神降落在我胸口时发出的撞击声。我曾多次听见别人临终时喉咙发出的咯咯声,现在我自己也发出了这种声音,这让我感到震惊。在离开之前,我想在你的耳边反复叮嘱:"姑娘,不要遵从你轻率的心,和我一起回家吧,这样可以避免你像孱弱的小鸟一般飞过被毁坏的小山顶,归来时只剩下满心忧伤。宝贵的哈巴巴啊,和我一起回家吧,在你先前的女人们已经因为对男人施谋用计而疲惫不堪,她们最终纷纷败下阵来,男人们则将永远手持利剑、身骑骏马,奔赴他们的战争游戏,直到从安拉那里继承大地及大地上的一切。

* * *

它能够磨碎和消化最古老的骨头,哪怕是自史前时期就被埋在地下的骨骼,它也不在话下。因此,所有知晓它的人都清楚,它将留下白色的粪便,这粪便像极了无始的颜色,或是历史书页的颜色。这些书页有时誊清了底稿,有时沉默不语,而在大部分时间里,上面写满了国王想要记载的内容。

第五章

　　一个个小时过去了，我仍坐在电脑前观察我的女人。她一直在不停地写啊写，我对她手写的东西一窍不通。这是一篇小说吗？我此生从未读过这样短小又奇怪的小说。她的这份手稿乍看起来是完整的，但似乎也在隐秘地宣布，有一半内容被删去了。你会发现当这份手稿出版时，会有很多评论家谈论它的女性写作风格和依据阿拉伯史实及大事件写作的方式。我感觉自己像被裹上了一层无法名状的薄膜，对于她的这些文字，我说不出有什么具体感受，只是感觉自己似乎一直赤脚站在滚烫的沙漠里，仿佛我是正在等待救援的迷途者。她的文字在数词区分上存在很多错误，我真想给她讲讲语法。她还用错了几处海木宰①，于是我用红色的笔在随身保存的复印件上做了修正，好像我将要把它发表在《安达卢西亚报》上似的。除了无尽的空虚，我感知不到任何情绪。在人群中，有时我突然泪水滂沱，我试图隐藏泪水，仿佛自己是一个来自上埃及边远地区的小姑娘，因为爱上一个并不爱她的男孩而慢慢死去。我期待从

---

① 阿拉伯语字母表中第一个字母，会随着在单词中出现的前、中、后位置及语法地位不同而产生各种形态变化。——译者

这份手稿中读到她对我这个丈夫的一些看法；知道自己不久将被我抛弃时坦承她的感受；得知我们缘份已尽，坦承她即将倾泻而出的泪水；变成孤身一人时，坦承她做出的决定，甚至对未来的规划。

我的女人今天没有写作。在寒冬中，她在阳台前面敞开门，坐在沙发上，身上包裹着一条毛毯，只露出两只眼睛。她在如饥似渴地阅读塔哈·侯赛因的《先知外传》。我没有读过这本书，似乎我从未读过我所拥有的任何一本书。她习惯性地按下手机闹钟，整整三个小时没从位置上挪动一下。我决定不给她打电话，以免打断她阅读。如果通了电话，我会说出愤怒的话语，由此扰乱她的清静。我发现她在一点一点放弃对男人特质的征服，这种特质是我们男人彼此传承来的，就像我们之间签订的秘密文件一样——你将这个女人的肋骨一根根全部打碎，她便会匍匐在你脚下，像受伤的母猫一样在你的双脚上打滚——我不断地观察自己。自从我和别的女人订婚之后，这种变化就悄然发生了。那个女人将成为我的第二任妻子，我母亲认为她一定能生出儿子。母亲说她可怜又遭遇过挫折，年仅二十四岁时就被休了婚，她的前夫现在正因盗窃罪被关押在绿洲监狱。她现在是一个五岁女孩的母亲，女孩的父亲是名罪犯。百姓沙龙同伊姆巴巴区的风格很相称，在沙龙里，她手举托盘来到我们面前，托盘上盛放着自制橙汁和我、我母亲及我两个姐姐一同带来的几块奶油蛋糕。她说起话来自信又粗鲁，仿佛是一个饱尝过世间所有酸甜苦辣的年长的老太婆，没有什么能让她感到害羞或狼狈困窘：

"哎，你好啊，你母亲和我说过你好多次了，贾玛勒先生。"

她的声音十分尖锐，像极了钝滞的小刀试图割断羊尾时发

出的声响,吓得我的心脏快要蹦出来了。我说:

"萨米娅女士,我很愿意让我们忘记彼此的过去,一起开启新生活。"

现在我又被那声音刺了一下,但我就当作没听见。这时,一阵势不可挡的电话铃声猛然响起,像响雷一般将我击中。真希望电话那端告诉我,我必须开车赶往百姓胡同,当着聚集在那里的那些人的面进行宰牲献祭的报道,他们要在吉祥的宰牲节祷告之前观看宰牲流血。

"你看啊,贾玛勒先生,我们长话短说,直截了当吧。我的女儿想要和妈妈在一起,我只需要一个帐幔和一间新的卧室而已,这是老太太对我说过的,她告诉过我:你的房子已经准备妥当了。"

为什么我现在不去找娜莉敏,去亲吻她写出这些废话的双手,然后在她温柔的声音中入睡呢?那声音像鸟儿鸣啭一般,终日遍布我家的各个角落。

她站起身,摇摆着市井气十足的臀部,在我们面前弯下身,好让我多看几眼她那丰满的胸脯。在她看来,这胸脯可是一种战无不胜的资本。她给我们拿来几个硬塑料制成的小碟子,上面的蓝紫色玫瑰花图案让我一阵反胃,因此,尽管她再三催让,我也没用叉子插起任何一块奶油蛋糕。我已经完全疯掉了。我仿佛从上空看见自己在同她和她的肥胖母亲聊天,在听我的三个家人——我母亲和我的两个姐姐——说话。她发黄的头发从面纱中露了出来,那讨厌的发式就像几天前就已腐坏的小扁豆汤。她把从面纱中滑出来的头发塞回去,对头发展现出来的色泽、浓密和光滑度感到很满意。整个见面期间,她说话的样子都显露出没有完成学业而且只满足于初中文凭之人的那种粗鲁无礼。她喷出语句时，两片猩红的嘴唇从不关上，而是一直大敞四开，仿佛要从言语残余的烟雾中逃离出去。

我试着找出与她暗沉的白色皮肤相似的东西，却只能想到我母亲用来给我家墙壁涂漆但过不了几天就纷纷脱落的廉价白石灰。在我们准备离开时，我听着母亲说话——她在第一百万次重申，她迫不及待地想要在去世前看到宝贝孙子——然后我说道：

"只要我们一致同意下周四结婚，并且守住这个秘密，那么，等到这个女人拿到离婚协议书时，大家就都自由了。"

我挤出一丝笑容说：

"此外，我们都已不再年轻，所以就不举办婚礼了。"

她立刻像受过训练的母老虎袭击猎物般颤抖地说：

"谁不年轻了？"

她的脸因为愤怒而变得通红，随后她正了正神色，两只讨厌的鼻孔也胀了起来。后来我才知道，当她说谎时，两只鼻孔就会表现出这种令人恶心的模样：

"真的，贾玛勒先生，你看起来很年轻，我猜你不超过二十八岁。"

我不知怎样把母亲和两个姐姐丢在了昏暗的电梯间里，我自己却像是从一个充满鬼影、关闭了几个小时的洞穴中逃脱出来一般！我像没有犯错却被扇了耳光的正在啼哭的孩子一样飞奔到车里，留下她们呆立在原地。我想我听见了母亲的声音，她正愤怒得咬牙切齿："他还在爱着原来的老婆。"

我不知道我的女人为什么中止了写作。她觉察到了我在她背后做的事吗？为什么我如此确信她正在看着我，并且知晓一切呢？为什么我会感觉她把她的摄像头植入了我身体的每一处器官，特别是我的大脑和内心呢？她为何终日愁眉不展、黯然神伤，悲伤得几乎要从屋子里飞出去？昨天夜里，在去和那个生物订婚之前，我死皮赖脸地想要接近她，她竟像小猫一样把自己蜷缩起来，爬到床的边缘装睡。开始我还担心她会掉到地上，后来我就睡着了。我想，我在沉睡中听到了她压低了声音的小声啜泣，这声音将会追逐我很多年，直到我死去。既然她已有所察觉，为什么不开口和我谈谈这个话题呢？这个带有魅惑酒窝的女人为什么不像擅长写作一样擅长说话呢？

　　她手机的闹铃开始叮当作响，像是残破水龙头里水流的淙淙声，我是多么讨厌这个铃声啊！我的女人站起身，关上阳台的门，然后小心翼翼却又茫然恍惚地叠好毛毯，把那本《先知外传》放回原处，随后把脸完全转向我，仿佛她在用闪着泪花又坚定不移的目光看着我的眼睛。我从未看到她像现在这样美丽迷人。我不记得曾在哪里读到过，刚刚从一段失败的关系中走出来的那些悲伤的、被遗弃的而且被击垮的女人，是最撩人心弦的，特别是在一双美丽的眼睛泛着泪光陷入沉思的时刻。她突然摇了摇头，一头秀发如波浪般起伏摆动。她把脸转向角落里的旧电脑，我一度以为这台电脑已经废弃不用了。她打开电脑，我还以为她会试着探索一番，可是我几乎要愤怒得尖叫起来，我真想尖叫着宣布我对她的深恶痛绝，因为我看见她稳稳地坐在那儿，以惊人的速度在电脑键盘上连续打字，一刻不停，只有校对她写下的文字或是凝神思考时，才会停下片刻。整整三十分钟过后，她才站起身。我知道她现在将走进厨房，而我正怒气冲冲地飞奔在回家的路上。

　　她是怎样教会自己用如此飞快的速度在电脑上打字的？她是趁我和我的摄像头不注意，便将座位从写字台转椅转移到了电脑椅上吗？这把电脑椅还是我应她的要求专门送给她的。我要怎样才能读到她剩余的手稿呢？会有哪本书总共不超过90页A4纸？用她这种大字体手写吗？她的字体就像是画出来的。有个少年在我的汽车的挡风玻璃前被撞飞了，随后落在车轮下面，纹丝不动。汽车停下来，发出吱嘎的摩擦声，挡住了大海街的整条街道。我在他面前双膝跪地，整个身体都在颤抖。我感觉自己已至暮年，仿佛是被害者的家属！我让他的头倚靠在我胸前，好弄清他是否平安无恙。我探摸着他泛黄的脸颊，仿佛他是我的儿子。我试着扶他起来，想要把他带到最近的医院，可是他虚弱无力地笑了笑，好像几天没吃过饭一样：

"先生，我很好，您不用担心，没事的。皮实的人会长寿的呢。"

"别这样，去最近的诊所吧，好让我们放心，真的，我刚才没看到你。"

一个中年男子走了过来，高喊道：

"大家看见了吗？他们这些人开车就是为了碾压行人。"

那个清瘦的少年笑了笑，试着在我的帮扶下站起来。他抬起手向那名男子致意，温文尔雅地说：

"多谢您，大叔，事实上是我犯了错，我刚才有一点儿恍惚。"

我祈祷这个有礼貌的清瘦少年不要把我也称为大叔，我下周四就要结婚了。我盯着他看了好一会儿，思考着他和我在同样年龄时的差异。他拾起一个我从没见过的练习册大小的设备，看到它没有被摔坏，便放下心来。后来我才知道，那个设备是iPad。然后他坐在过道上休息，有些虚弱地打着电话：

"哎，真的，我刚才差点就死了，你过来接我吧。我在大海街人行道旁的地下通道附近。"

"兄弟，你在说什么？这两个人在等待合适的时机去解决他们之间的问题，如果我这样毫无征兆地死去，你就满意了？你快点来接我吧。"

这一代人把我们传承下来的长句表述得更加简略扼要，他们通过一个词和一个手势就能够理解彼此的想法，而我们这一代人却无法破译其中的密码。前几代人，包括我自己在内，都没把这一代人的话当回事，觉得他们是站在历史之外的人。我们看不惯他们穿低腰裤时露出内裤，也看不惯他们在奢华的咖啡馆约会时使用笔记本电脑，与同龄女孩在咖啡馆里一起吸水烟，用我们听不懂的语言高谈阔论。

他以心系大事之人特有的自信看着我的眼睛。他所关心的事要比这场事故、他擦破了皮的小腿、聚众的人群以及这世界本身和世界里的人更加重要。他不耐烦地用加重的语气对我说：

"我们能够真正做些什么呢？在这个国家，交通很糟糕，信号灯很差劲，没有精确的东西，这就是一个国家本来的模样吗？不过，如果安拉愿意的话，过些时日，这个国家会变好的。先生啊，信赖安拉吧，真的，我好极了。"

二十多年前的一天，我在清晨五点醒来，世界在我面前一片漆黑。我已经毕业几个月了，坚信永远都不会找到适合自己的工作。我很厌烦两个姐姐和我母亲这三个女人对我围攻般的轮番提问，特别是我的母亲，她将我视作她的珍宝和她生命中的全部财产，她给予的我独享的爱，让我感到窒息。自小时候起，我就受到各种限制。我被禁止在朋友家过夜，哪怕只有一个晚上。我一刻也不能脱离她的视线或掌控。我只记得她们三个人的前胸，我总是把头枕在那里睡觉的。我只记得母亲无时无刻不在大喊："你们的弟弟吃了吗？他出去带钱了吗？"现在我的两个姐姐从她们的丈夫那里猎获到几个埃镑之后，总是把它们拿给母亲，以暗中资助我。这些钱总是伴随她们唯一的问题："贾玛勒还没有找到工作吗？"突然，在万念俱灰的一瞬间，我决定报复所有人，母亲首当其冲。当然，我要用什么去偿还这些年来她的母爱和自我牺牲的瀑布洪流呢？我坐在公交车站前破烂的长椅上，决定跳到一辆闪亮又华丽的私家汽车前。我已经不记得那辆车的品牌了。司机是个青年，只比我大几岁，有那么一秒钟，我的眼神与他的目光相遇，捕捉到了他怒不可遏的眼神。为了避开我，他偏向团结路的最左侧，汽车先是冲撞到人行道上，随后又撞上一辆从另一侧徐徐驶来的汽车。我跌落在地上，毫发无损，只有衬衫被撕成了碎片。那个青年的汽车前部已被完全撞毁。他把车停下，耐心地忍受着司机大叔的谩骂，彬彬有礼地对他说：

"这是我的失误，我将承担所有维修费用，但我只是为了避开这个小伙子。"

他用手帕擦去受伤的手背上的鲜血，苦笑着走到我面前，注视着我。我这一生从来没有面对如此鄙夷的目光。他用指尖抚摸我破碎的衬衫，仿佛我是一堆垃圾。在目睹这场事故的人群中，只有我和他了解事实的真相。出乎我的预料的是，他并没有辱骂我，而是像在外人面前责备妻子一般，咬牙切齿又慢悠悠地说：

"我本来是要在被关进监狱之前去还债的。"

随后，他从衣袋里掏出五张十埃镑面额的纸币，苦笑着继续说：

"用这些钱买件新衬衫吧。"

他轻拍我的肩膀，对我耳语，几乎是在和我说悄悄话："要学会承担起责任，让自己像个男子汉一样。"

接下来，他走过去查看自己的汽车被损坏的部分，还看了那个中年男子的汽车，没有给我拒绝他的现金的机会。他永远不会知道，他是我生命中对我影响最深的男人，他的目光一直在无情地追随我，在我此生中，无论我做什么，我再也没从第二个男人眼中看到过这种眼神。我曾想：他会在某一天从安达卢西亚报纸上偶然看见我的照片吗？他会在某一天读到我写的调查报道吗？我调查的是那些吃掉市场上的小鱼而且垄断一切的大鲨鱼，他们垄断了生铁、玉米、棉花、大米、汽车的指定代理人和港口，甚至独占了城镇中间的马路，赶走了在马路上兜售商品的小贩。我写这份调查报道时，真想把它当作致歉信送给他，可是我不知道他的姓名。像他那样的人会读这种报纸吗？我快要被自己的好奇心折磨死了。他是做什么工作的？他是从他父亲那里继承了一个位于鲁维埃区的小工厂或是油漆店铺吗？或许他本以为会大笔盈利，后来却破产了，是这样吗？他所有的自信、从容和忍耐，都是从哪里来的呢？其实，那天他十分确定，我跳到他的汽车前是想要自杀。

他的眼睛和刚才差点被我碾轧的那个清瘦男孩是多么相似啊！他们的声音是多么相像啊！是什么让我产生了强烈的猜想？我觉得这个男孩一定是他的儿子。

我指着电脑不止一次地问她：

"你在电脑上做什么？"

她平静却不耐烦地回答：

"我在学习打字。"

"你为什么要学习打字？"

她试着收起带有嘲讽意味的迷人微笑，定睛看了我一眼。几天前她向我砸来的就是这种意味深长又摄人心魄的眼神，确切地说，那是在她知道我将与其他女人订婚的消息之后，我却不晓得她是如何感知到的。我只能用一个词来翻译这个眼神：为什么？她越过我的问题，把它扔进最近的字纸篓。她用浸透了泪水的声音说道："我不知道怎么给阿拉伯字母上标注字符，一定有某种方法，我要试着探索出来。"

"你写的是什么？是新的菜谱吗？"

平时我很注意，尽量不在家里连接网络，对我来说，把优盘插在笔记本电脑上已经足够用了。第一次看见她从办公桌旁移动到台式电脑前的时候，我便意识到，自从这台电脑进入我们家，她就自己学会了在电脑上打字。只有几次，我在工作之后忘记了关闭电脑，但后来，我设置了用户密码，目的就是让她无论在什么情况下都不能使用网络。现在，我感到精神沮丧。为了读到那篇小说的剩余部分，我应该以某种方式让她离开家门，哪怕只有一小时。我再次陷入寻找理由将她支出门外的怪圈，只是为了阅读我没有读到的手稿。日子一天天过去，与另一个女人订婚的日期愈发临近，我在这台旧电脑上却没有找到任何东西。除了监视她，我什么都没做。她时而紧张地快速敲击按键，时而皱紧眉头。她把头发拢在一起，几乎要把它们扯碎，有那么几秒钟，我面对的几乎是一片黑屏。这是我从未预料到的。我已经想尽了所有拜访母亲和两个姐姐的理由，她知道让我迎娶别的女人的是她们。平时我是禁止她出门的，甚至连买东西都不行。那么，我能把她支到哪里待上一个小时呢？和以往不同的是，今晚她大概无法踏实入眠。平时她做所有的事情效率都很高。洗澡时,她会打开煮茶器,这样从浴室出来就能很快准备好茶水。她会戴着面纱在阳台上晾衣服,不一会儿就晾好衣服,并且分毫不差地关上阳台的门,随后,她就会穿着短款的红色睡衣在屋子里闲逛。我想要的只是一个小时。我想从这个女人那里放松一下,让她伸展四肢,躺在我的时空里,让这时空满溢着她的身体和灵魂。她和其他女人不一样,无论我做什么,她都不会生气。她只想生活在我身边,把头枕在我身旁,去闻我身上的气味,那是她喜欢的味道。

在她即将永远离开我家之前的那几天,我对她说,想要她和我一起去位于撒哈拉街上的汽车修理店修车。这会用去从早上一直到傍晚五点钟的时间,而我还要去报社,大概会用两个小时。我告诉她,我回来接她,然后我们一起回家。这让她感到有些意外。她用将信将疑的目光看着我,沉默了片刻,然后说道:

"我们是和什么人一起出去吗?好吧。"

我不想看见我们中间的某种东西正在坍塌下来,我在逃避……我无法界定这东西是什么,只是感觉它像极了行星和卫星之间要保持的必要的理想距离,这样,行星上的生命才得以存活。我平静地说:

"那边有一家很精致的自助餐厅,你可以在里面看书,还可以关注修车的进度。"

一路上,她坐在我身旁,观赏着大街上的风景和行人,始终一言不发。我的女人正在默默哭泣吗?或者她是不是正在写下亲眼观察到的景象呢?我开车绕过街心广场,想从那里穿过拥挤的金字塔街,开往撒哈拉街。在我们停下车等信号灯的几分钟里,我注意到一组游客正从大巴车上走下来,马路上所有的人都和我一起注意到了那组游客中的美女。那些过路的戴着面纱的女人偷偷把目光瞥向那些裸露着腹部的女游客。她们从面纱后面露出的眼睛空洞无神,眼神里表达出的,只有对生活的厌恶。她们步履沉重,身体的动作可以轻而易举地暗示出身材的细节。她们当中,有的人身段柔软,肢体匀称,要胜过——毫无疑问——那些欧洲女人的婀娜;但是,她们当中的大多数人,身材更像是埃及野无花果树的树干。那些裸露着胳膊、小腿和腹部的女游客们勇敢地忍受着来自其他女人的憎恶的目光,并对此抱以腼腆而宽容的微笑,就像美女向丑陋的女人投去的笑容一样,这种笑容,可以鼓励那些丑女忍受生活。同时,这些女游客们也在勇敢地承受男人们的看法。这些男人或是对此大加赞赏,或是认为这种装扮丑恶低级,有人开始谩骂,甚至直接动手干涉。这些女人是把自己当成了为美化吉萨金字塔而死的殉难者了吗?事实上,她们走起路来就像没有被完整唱出的甜美歌曲,人们的呼喊声在她们身后此起彼伏。如果有哪个男人稍微疏远她们,没有尝试破解她们的密码,那么这个男人一定是觉得自己关注的话题要比仅仅谈论女人重要得多。这些女人会为自己的赤身裸体和漂亮服饰感到自豪,那些精心装扮的服饰,也会让沥青马路的愁苦得到放松。这时,那个男人可能会认为自己天生就应该被安排去拔掉飘扬在公交车站附近或者面包房和电影院里的笨重的黑色旗帜,好让电影中的主人公出场。他们通常是那些在整部电影中不停抖出笑料的瘾君子,事实上,所有人在很久以前就对这些俏皮话熟稔于心了。我克制自己不去看那些赤裸着胳膊和腹部的女人。我曾让这个有撩人酒窝的女人戴上面纱,可我仍不满意,还想规定她戴上几层面纱,面纱层数不会超过五个手指的数量,所有这些都是为了让我自己感到轻松愉悦。正想启动离开时,我看了看她,又迅速将目光转回到马路上,因为我发现她在这期间一直在看着我,唇边浮现出淡淡的带有讽刺意味的笑容。我连一秒都不怀疑,她已一字不落地看见了我心里想的每一句话。

* * *

若干年后,我将发现爱情一定是同无能为力、沉默不语、害羞和惶惑联系在一起的,这种无力感像是漫长得没有终点的阶梯,它的第一级好似最后一级,底层又如同它的顶端。我将惊讶不已,所有的人怎么会不约而同地将爱情与诗篇关联在一起?那些敢于表达自己爱意的人,究竟是从哪里来的勇气?我将对她难以忘怀,却再也无法与她一路同行;我将一往情深,无法自拔,却发现已经永远不可能走上能够抵达她的堤岸的正确的路。我残存的思考能力仅限于回想她生气地拨开眼前飘动的几绺头发、脸颊上露出愤怒的酒窝的样子,或是久久回想她曾怎样既依赖又用力地把脑袋靠在我的肩膀上,几乎把我的肩膀戳痛。难道爱情几乎要成为无能为力的同义词了吗?数年后,当我借鉴埃及国家安全局的做法,开始对她进行令人精疲力竭的监视,并且做好规划,然后决定同她见面时,我仍然无法靠近她,哪怕只是去说一句问候语。

她和他一起坐在侯赛因街的法萨维咖啡馆里。他在打电话,那快乐的高声大笑让我很生气。他为她要了一份苹果味水烟,先把自己的香烟从口中移开,替她尝了一口,然后才把烟嘴递给她。看到他用如痴如醉的眼神看着她,我却觉得这举动情有可原。我在她身后只有几米远的位置上观察她,却感觉与她相距甚远。她会觉察到我在这里吗？一定会的，否则她的坐姿为什么如此不安？每隔一分钟，她就会固定一下头上本来很稳固的闪亮发夹。

我知道，在离开我家短短几个月后，她就嫁给了他。他为她出版了所有作品，一直在背后大力支持她。在以当代文学教授的身份对媒体谈起她时，他的眼里总是会闪烁着光亮，他总是把她描述为伟大的女作家。我以前并没有注意到这一切，但是现在，他像情侣们惯常那样，将胳膊环绕在她的腰间，这个场景刺痛了我。他正饶有兴致地观赏汗·哈里里市场的商品，而她此时正在左顾右盼，寻望一个正在包围她并且急切追逐她的来自过去的灵魂。

上了年纪以后，我将会注意观察她眼角的皱纹。每当她在镜头前展露出甜美的笑容时，这些皱纹就会显现出来。到了那时候，我生命中最大的梦想将会是轻抚她的皱纹，把她拥入怀中。为什么人们如此憎恶衰老？当我看到她在某档文化节目中用迷人的声音侃侃而谈的时候，我将会笑得像个白痴一样，反复自言自语："哎，你上了年纪的时候，真是太美了。"然而我家那头母牛的笑声让我如梦方醒，她拍着手哈哈大笑："你是疯了吗？你在看什么呢？你在欣赏这个疯女人吗？你明白她在说什么吗？"

被我供养在家的这个女人看电视时只会关注埃及连续剧，如果那个剧是历史或宗教题材，她就会切断它，愤然换台。看到那些说英语的演员，她会一直叫嚷："你这个倒霉家伙！""真恶心，他们没有说阿拉伯语！"

她将任由自己的头发变得花白，而不去染发。她弹钢琴的手指做出的天使般的手势，已被我熟记在心，现在正掌控着我的心跳。我握紧电视遥控器，以防那个对我而言十分陌生的女人将它从我手中抢走。我试图让自己的灵魂穿透电视屏幕，到达她的面前，去抚摸甚至亲吻她的脸庞。我想要对眼前这个筋肉紧实、没有皱纹的丑陋女人尖声喊叫："电视屏幕上的那个女人是我一个人的！她是我的女人，除我之外，她不属于其他任何人，我是多么爱她啊！"我很注意，不想让任何人看到娜莉敏戴面纱的照片，特别是不想让现在这个女人看到，所以，我撕毁了她在我母亲和两个姐姐家里的所有照片。现在，我多想对眼前这个女人说："那是我唯一的妻子娜莉敏。"或许因为我知道她会做出愚蠢呆钝或厚颜无耻的回应，所以，我迟迟没有向她承认这一点。她不外乎会说："你和她，你俩很像，都很失败，你们就是个笑话。"我几乎要尖叫起来。我是一只大鸨，是这大地上体积最庞大、分量最重的鸟，尽管身体笨重，但安拉已经判定它可以飞翔。我越是无法跟在她身后，就越会因为悲伤而失去光泽，甚至几乎悲痛而亡。对她的爱恋增加了我的重量，让我只能从过去和未来的旅行中寻求治疗，好从对她的爱恋中康复起来。我最终达到的状态，将会是沉迷于购买自中世纪以来就闻名于世的巴旦杏面团，其中72%的成分是巴旦杏，还有28%的其他成分是制作者不会对外透露的。吃完这些巴旦杏面团之后，我便会坐在电视机前，一边像猴子一样剥出柔软未熟的巴旦杏籽，一边追逐她的幻影，看着这个幻影在我眼前的房间中游荡，或是在各个房间中惶惑地徘徊。

* * *

要经历过多少次尖叫求救，多少次难忍的刺痛，多少次心怀希望,多少次对一生中不同场景的回忆,被鬣狗吞下的那只猎物才会死去?如果它仍然可以看见,那么,当它看到剩余的一群鬣狗正在抢夺自己时,它的双眼会是什么模样?因为这只猎物不会留下任何痕迹,所以鬣狗们将会蹲坐在已经空无猎物的原地,盘坐在自己的短尾巴上,开始聊天……当然没有人能听得懂它们之间的对话。人们总是会把自己听不懂的对话称之为交谈……鬣狗屁股的交谈。

第六章

　　她何时学会了把自己写的东西藏在电脑的隐藏文件夹里？我对着电脑屏幕，差点要哭出来了。一堆对我来说毫无意义的文件夹在瞪着我的脸：从网上下载的无名诗人写的英文长诗；社论一样的文章，通篇都有数量惊人的拼写错误，很明显，这些文章出自那些曾在国外学校和大学读书的年轻人之手。文章是从他们的博客专栏里抄录过来的，所有内容都在谈论必将到来的革命和将要涤荡腐败的洪流。我突然想起几天前差点被我碾轧的那个清瘦少年，感到一阵目眩。我几乎可以确信，他就是这个文件夹里某篇煽动性文章的作者。这个文件夹里还有《返老还童》的节选，大诗人泰戈尔的译作节选，著名的死尸之书《走向白昼》，诸如此类的东西都被她收进了这个文件夹，还有一篇名为"同诺贝尔奖得主、英国女作家多丽丝·莱辛①对话"的文档，并附有看起来品质精良的译文，这一定是她翻译的。那些关于受伤的心灵、病症的发现和治疗方法的长篇论文，证实了几个世纪来诗人们一直在反复重申的观点。还有关于痛苦的百科全书，《芬芳的牧场》的节选，当然，还有莎士比

---

①　英国女作家，获得2007年度诺贝尔文学奖。——译者

亚戏剧全集，阿拉伯诗歌精选，从穆台奈比一直到拥有动听嗓音的马哈茂德·达尔维什，虽然我并不认识他。我戴上耳机，却没有时间听音频，而是把头埋进电脑桌后面，去寻找她或许从邻居家拉来的某根网线，可我什么都没找到。我没有找到任何东西，没有看到她的文字的任何痕迹，这台电脑里，甚至没有我读过的那份手稿。或许她写完之后把它藏在了某个地方。这个女人把她写的东西藏到哪儿了？我相信她一定在这台电脑上写完了那本书，可是它在哪儿呢？

大约一个月前，她不再像下蛋的小鸟那样小心翼翼地去寻找远离我的视线的地方，而是在我身旁直接从床上站起，根本不需要确定一下我是否还在熟睡，就从我的香烟盒中抽出一根烟。随后，我听到她在厨房的声音，便蹑手蹑脚地跟在她身后，发现她正坐在地上，埋头在纸上打着草稿。那飞快的速度让她看起来奇怪又疯狂，就像受到了某种魔力的驱使。她蓬头散发，仿佛刚被火球击中。我害怕自己发出声响，让她惊逃或燃烧起来，于是回到床上，冷得瑟瑟发抖。我仿佛看到她对着我扬起一张愤怒、扭曲、狰狞且浸着汗珠的脸庞，可时下正值十二月中旬。写字台上的石英钟在我头顶上方的位置滴答作响，仿佛是残暴铁锤的击打，安拉啊……现在我应该把她带回家，让她好好度过与我一起生活的最后两天，对此，我心里很清楚，她也很明白。我们都心知肚明，却从来没有也永远不会说出与之相关的任何一个字。我对找到她的东西已经完全丧失了希望，甚至对重新搜查家里也丧失了热情。不过，说不定我能找到保存着她的写作内容的优盘或光盘呢，于是，我像一个为了保有生活热情而去奋力挣扎的慵懒的中年男子一样，站起身，走向摆放着《一千零一夜》的地方。或许我会发现某个奇迹，发现我正在寻找的东西。映入我眼帘的是仍然摆放在原处的那些手稿，它们被我复印之后，似乎再也没有人触碰过。我正要关上书柜的玻璃门，却瞥见另外几页手稿，看起来，这像是她不久前匆忙放进去的。六页的A4纸上写满了她的大字，像画出来的一样。这些手稿只有寥寥几页，完全没有必要去复印。我突然感到一阵奇怪的麻木，甚至让我讨厌起烤大蒜的味道。以前在街巷口闻到烤大蒜的气味时，我总是会想到母亲做的肉汤泡饼，为了狼吞虎咽地吃上泡饼，我会一路飞奔回家，甚至摔倒在楼梯上。现在，我已经年迈衰老了吗？为什么我会厌恶自己一直钟爱的气味？我抓起她的手稿，一头倒在离我最近的安乐椅里，开始快速阅读，我希望在手稿里追赶我的妻子……

当爱情退却时

他会变得目光冰冷，言语更加冷淡，找出各种理由来躲避你，身体也变得拘谨局促，以免触碰到你，你几乎无从了解他的境遇。他在Facebook上有很多女性朋友，你无意间看见她们用Photoshop处理过的照片，可他却对你绝口不提，也不会直接或间接暗示自己同她们的关系。如果你突然走到他身旁，你会瞥见他警觉地迅速关上电子邮箱。你会发现，他和你在一起时从不接听电话，如果不得不接听，也会三言两语赶紧挂断电话。这时你会看出他心中的躁动不安，他在渴求电话里的那个声音。无论如何你要知道，男人的身体是不会说谎的。你若向他发问——你的那些问题必然会很愚蠢——他会含糊其辞、干巴巴地回应你，从不正面回答。他很清楚，你现在无论如何都无法接受那个冰冷的现实。你俩一起走在街上时，他会任凭过往的车辆从你身边呼啸驶过，而不会像爱恋你的日子里那样，赶快拽住你的胳膊来保护你。如果你踟蹰不前，主动挽住他的胳膊向他求援，那么，他刚过完马路，或者遇到合适的机会，便会松开你的胳膊，把你摆脱掉。他会嘲讽你们曾经共同钟爱的所有爱情歌曲。他会认为既然所有地方的一切午餐都大同小异，那就没必要前往俯瞰尼罗河的餐厅共进午餐。如果你们一起遇见了朋友或是新邻居，他永远不会介绍说你是他的妻子。他们问起你的身份时，如果你隔着面纱回答说"我是他的妻子"，他会更加生气。曾几何时，他目不转睛地注视着你，眼里闪烁着光芒，想要洞悉你心中的一切情绪波动，于是，你害羞得满面通红。现在，他的目光已另有他顾。那目光追随着从你们面前经过的美女们，或许你自己也得对她们评头论足。你们在一起时，沉默的时间会越来越长，你永远无法穿越这沉默废墟的围墙。每当你跃跃欲试，都会发现一些训练有素的犬只在看守你的气味，等到你出现，便去嘲讽地噬咬你。你极度敏感，根本忍受不了这种嘲讽。抑或你会发现一道布满电流的篱笆墙，你若靠近它，便会被电流击中，于是心跳骤停。这个结局令人心生怜悯，不管怎么说，它都是反宿命论的。如果你假装在全神贯注地做某件事，你会更加确定，他对你的感情已经发生了变化。比如你在看《夜晚十点钟》这部电视剧，装作饶有兴趣地看这个国家的所有人如何互相指责、谩骂，仿佛他们都没有挪用国家资产。这时，你试着背对他，然后转过身突然看着他，让他猝不及防。在这一刻，你便会亲眼瞥见结局，你将看到他的心里话正和他吸烟时吐出的烟雾一同盘旋在房间的上空："你什么时候才会从我的生活中消失？"与看着你的脸庞相比，他的目光或许更愿意落在苍蝇上，他已经无法忍受多看你一眼。所以，不要关注他的眼神，以免你逐渐开始憎恶自己的容貌。他的眼中已经流露出对你的厌恶，所以，不要像个白痴似的在他面前逗留太久。你要快速从电视机前离开，去为他准备一杯柠檬水。这时，你不要以为拿来两杯柠檬水便可以消除他对你的厌恶。当你回来时，假如从房间的空气中读出他对你的厌恶已经增加了一倍，也不要太过吃惊，因为你现在应该做的，只是从他面前逃走，坚忍地平安地逃到床上……

在接下来的日子里，你应该更加隐忍。比如说，他的手机不见了，你寻遍他习惯放手机的所有地方，发现只有一个通用的办法，就是拨打他的电话，循着独特的电话铃声找到手机的位置。当你从绿色安乐椅下面拾起手机时，千万不要去查看备忘录，因为备忘录里将会是一片空白，既没有已经发送的信息，也没有收到的短信；既没有拨出的通话，也没有接听的来电，手机里绝对什么都没有，那只是一个没有个性也没有灵魂的金属块。当你看到自己的名字已经重新变成一组数字时，千万不要惊叫出来，这组数字正是你最熟悉不过的你自己的电话号码。你像疯女人一样在心里不停地默念一个词：为什么？这是为了在你不停打电话找他时，他可以对新欢说这是个陌生来电？是为了避免在手机上存有你的名字，或将你标记为妻子，以防其他女人联系你？或许这是唯一的可能……难道你不曾从过去的经历中学到过，忘记号码要比忘记名字容易上千倍？他已经为一场更容易的遗忘之旅做好了充分准备，除此之外，他还做了什么？不管怎么说，几个月以来，他对你一直没有需求，假如你再三催促他和你在一起，催促几十次之后，他也只是简短、枯燥、毫无耐心地应对你。你不要难过，去为他寻找成百上千个理由吧，然而，让你害怕面对他的真正原因却只有一个……

他在你面前关闭了一扇又一扇孤独的门和窗，然后从门窗外透过小孔观察你，看到你蜷缩在角落，不停舔舐自己化脓的伤口，他才感到安心。一阵电话铃响打断了你的哭泣，你会听到一个陌生而嘶哑的声音：

"你是那座迷人的城市，我梦想摧毁它的城墙，占领它的土地。我要给自己加冕，成为它的君王……"

你恼怒地放下电话听筒，切断了那语言的洪流。你多么希望这些话是从你的丈夫，确切地说，是从他的口中说出的。你希望这个嗓音嘶哑的无名男子死去，你设想，如果这名男子没有从空中捡起这些话，把它们抛入你的耳畔，你的爱人便一定会从苍穹中把它们拾起来。在这一刻，你绝对不会意识到，这个人说的是真心话，这些话语绝对没有弄错倾诉对象。你会奋力在他面前展现出自己最美好的一面，然而你无比确定，他只注意到了你红肿的双手上的血管，这是由于操劳过多导致的。或许他还会注意到你的眼袋和黑眼圈，因为你担心他不再爱你，所以经常失眠和熬夜。同样，他注意到的，可能还有你明显松弛的双臂。你不再经常照镜子，以免看到自己更加憔悴的容颜。日复一日，你羞涩地对他悄声说出令他欣喜的那句话：

"带我走吧，我爱你。"

那个陌生人嘶哑的嗓音变得更加辽远，语速也在加快。你愈发恼怒，甚至啜泣起来：

"你将成为我的女王，你一定会属于我。我像现在看到窗前的角豆树一样，能够清晰地看见，在未来的日子里，我会如何让你幸福得尖叫起来，同时，你会责骂那些我未曾出现在你生活中的过往岁月……"

你会挂掉电话。当电话铃声响起时，你再次拿起听筒。这一次，你会发现这嘶哑的嗓音摄人心魄，仿佛是突然划破漆黑夜空的流星：

"我是知道你的……我是多么了解你啊！"

你继续汲取着爱情之井的全部井水，一边看着自己的灵魂从上空观察你们两人在一起时的一举一动。你知道，你们在一起的时间已经所剩无几，你在做着绝望的恋人大多会做的事情，可是，他却相信自己所做的一切都是为了从这可恶的爱情之井逃离出去。

他的母亲看着自己的肉汤碟，目光中夹杂的讽刺几乎变成了某种怜悯,因为你正要喂给他一只油煎肉丸,却被他拒绝了。这是他一直都很喜欢吃的,然而现在,他拒绝了肉丸。他避开你,差点从座位上站起来,离开餐桌。在你们刚结婚的日子里,他是那么喜欢喂你吃东西,那么喜欢借用各种理由在大街上和其他人家里用手抚摸你。他家里的女人聚会聊天时,你一直在注意抚慰她们心中的妒意和忧伤。现在,你注意到你的灵魂正在观察自己。你执意装作没有看出他的母亲和两个姐姐全然不顾你的忙碌。她们谈论的话题只和她们自己有关,你对此一无所知。她们用眼角向你瞥去冷漠的眼神,就像房屋主人看向不速之客一样,或许这客人觉察到自己令人讨厌,应该主动离开了。你不知自己应该怎样做,才能在短时间内汲尽全部井水。每当你喝完一桶,便愈发相信:想要摆脱爱情,除了继续将爱情一切已知的和未知的形式都呈现给他,甚至让你自己卑躬屈膝,再无其他道路可走。你的灵魂正在孜孜不倦地观察自己,他的反应越是粗鲁无礼,言语越是令人痛苦不堪,甚至比锋利的剃刀还尖锐,那灵魂便越会因为计划得逞而高兴得要从上空欢呼喝彩。所有人都知道,他不再爱你,一切都结束了。你鄙夷地看着她们,很享受这种感觉,仿佛这个故事关乎其他女人,而与你无关。她们和你一样同为女人,是什么让她们在对你幸灾乐祸的同时,还怀有一丝悲悯同情,并且乐此不疲?他走出浴室,手上喷了香水,你抚摸着他的手,可他却快速地把手甩开,像是被蝎子蜇到了一样。最终,他无路可逃,只好在离你远远的位置上坐了下来。你的灵魂偷偷地告诉你，你在重演恋爱史上最无尊严的场景。你们两人正准备离开他母亲家，你让他就这样站在中间，被她们围成一圈。你埋头亲吻他的双脚，这时，他大步流星地离开，你还在一旁大喊："不要丢下我！"

你的灵魂从上空告诉你，这个场景起到了决定性的作用，特别是当安拉默示他用脚踢你，把你像流浪狗一样踢出门外时，在那一刻，你再也不用面对她们的告别，或许你也从此摆脱了他的爱恋。

你的外婆身材苗条，就像刚从马哈茂德·赛义德①的某个广告牌中走出来的一样。与你的朋友们那些胖胖的外婆相反，她的身体在宽大的黑袍中摇摆，像极了你们这些小姑娘的身材。她的下巴上纹满了蓝色刺青，花纹图案仿佛是从某只孔雀的羽毛中掉落下来的。当你还是小女孩的时候，曾经探摸着她的刺青问道："这是谁给你画的？"她笑着说："他们给我纹在这里，是为了给我做出标记，这样我就永远不会在集市和拥挤的人群中走丢了。这里也有。"然后，她给你看脚踝上的两只蓝色小鸟，两只脚踝上各有一只，画得十分精巧。她再次笑着说："他们给我纹这两只小鸟，是为了让我远离魔鬼和伤害。"你的外婆最近为何经常到梦中来看你？她是想把你一起带走吗？据说陪伴我们走过最后一段旅程的人，就是我们最亲近的人，比亡故者更加亲近。看到你已蜕变成女生，她对你说："切勿顺服于男人的爱情，姑娘啊，他们冷酷无

---

① 20世纪九十年代初期和中期埃及著名造型艺术家。——译者

情,如果男人嗅到你软弱的气味,便会玩弄你,随后就把你抛弃,再去寻找其他猎物。我的姑娘,男人在本性上就是猎人,而女人则是猎物,所以,你千万不要成为愚蠢的猎物。如果遇见爱情,就去爱他吧,但是不要让他觉察到你爱上了他;去顺服于他吧,但是不要让他知道他已经完全拥有你;去熄灭他对你渴求的火焰吧,同时你要抱怨寒冷;去呼吸他的香气吧,但是不要让他发觉你在欣然享受。你要睁开双眼,用一只眼睛在近处观察他,另一只眼睛看向遥远的天际,关注他在远处的动态。千万不要闭上眼睛,否则稍一疏忽,他便离开你,一去不复返了。"

你像一匹倔强的母马,嘲笑着她的忠告。你用稚嫩、尖细的声音责怪她:"我才不是猎物,我也不想要猎人,我要的是男人。"现在,你沉浸在对外婆的回忆中。她很漂亮,眼睑乌黑,高挺的鼻子让你顿时联想到"高贵"这个词。她的皮肤是酒红和玫瑰的混合色。在她不到三十岁的时候,丈夫便去世了,此后,她便对男人们心生嫌恶。她讲述的故事同你听过的所有故事都不一样。她从没用过任何香水,身上却有一股甘甜的香味。由此,你便知晓了聚斯金德[①]的香水是从哪里来的。她的身体自带一种特殊的音乐,一走进房间,音乐就响遍各个角落。如果她在清晨出现,晨日的光辉便更加闪亮;倘若她和你们一起待到傍晚,傍晚的余晖便更加璀璨。离开之前,她平静地在地契上按下手印,向想要土地的人赠予土地,向想要房屋

---

① 聚斯金德是德国小说家,其最著名的小说是《香水》。

的人赠予房屋。然而，她穿着鞋，绝不会忘记苦心叮嘱你：

"切勿刻意追逐生活，生活会追逐逃避生活的人；切勿让你自己置身于大海中央，然后停留在那里不停地抱怨溺水；切勿把你的心踩在脚下，然后呻吟着悲叹死去；切勿像云朵一样悬在安拉的天空，然后祈求不要让你变成滴落到田野上的雨水。你目不识丁的外婆一定不知道尼法里①，但她可以给你很多有益的忠告。这段时日，你的外婆就像强敌攻占国家那般，出其不意地占据了你的心。"

他谈及母亲、两个姐姐、朋友、报社里的同事们，还有谈及他对每件事物看法的时候越来越少，后来干脆只字不提。他关闭了他在你面前的所有通道，你甚至无法靠近他，更无法向他询问什么，好对哪件事情放心。现在，你能确定了吗？其实你早已远离了他的生活，你在他家里存在的价值还不如一件旧家具。在这些日子里，他关心的只是怎样才能把这件家具摆脱掉。他会试着在某个时限内说服自己（连魔鬼和天使都不知晓怎样才能做到）。他有一份神圣的职责，就是要压在你身上，用他的胸膛紧贴你的胸脯，把你压得透不过气来。他在同你发生关系时摒弃了伊本·哈兹姆②的所有劝戒。他把头高高扬起，极力避开你的

---

① 阿拉伯古代著名思想家。——译者
② 安达卢西亚时期伊斯兰教著名教义学家、教法学家，其代表作有《鹁鸽项圈》，论述了爱情的原则及其表现特征，倡导与讴歌纯真的爱情观，抨击低俗的爱情观，颂扬纯洁无瑕的精神恋爱，崇尚忠贞之美。——译者

脸，同时，也是为了避免去亲吻你。期间，他没有说一句话，没有一句爱的低语，也没有直接或间接地暗示他渴望触碰你，哪怕只是你的手，或是暗示他喜欢你这样拥搂着他。他缄默地进入你的身体，房间中只听得见你鸽子般的叫声，却没有任何回应。这叫声或许会突然打断单调的节奏，或许会一直持续下去，直到你听见他抵达终点时喉头发出的咯咯声。这不是因为他到达了爱的巅峰，而是因为他履行了职责。然后，他起身离开，留下你独自怀念你们刚结婚时他对你身体的疯狂痴迷与眷恋。这时，你或许开始想象他在寻遍你身体的每一寸肌肤，去探求更多进入的门户，仿佛他是亚当，当夏娃突然站在他面前时，他的双手犹疑而惶惑，想要知道她是由哪一块泥土捏制成的，要对她做什么。于是，他开始探摸她的每一个部位，随后又把它们重新放回原处。

　　他甚至不会注意到你很受伤，也不会看出你感觉受尽屈辱，但是，你要当心，什么都不要说。自祖辈以来，你的外婆们不是教导过你要和他做游戏吗？而只有藏在世界各个图书馆中的神话故事才会谈及那些游戏内容。无论你正在做什么，或是什么都没做，他都会批评指责你。你很喜欢他的笑容，可是只有当你俩一起遇到其他姑娘时，你才会看到他展露笑颜。他会继续从你身旁逃走，去观看比赛甚至观看乏味的电视剧。你们无法找到一些语言，用来打破水泥墙壁的沉默。无论你把脸转向何方，无论你怎样面带笑容，你都只会看见他愁眉苦脸或是狼狈困惑，就像一只困窘的公鸡。那个鸡窝已经被拔掉了大部分枣椰叶柄，露出一个窟窿，公鸡在这样的鸡窝里会丧失性命，于是想要逃离出去，永远获得自由。有时你会看见他在房子里惶惑地踱步，就像在机场候机大厅等待已久的候机者那样，因为他们等候的飞机已经延误太久。

你的自尊心当然不会允许你同他当面对质，因为首先，你害怕所有事情在瞬间曝光；第二，你是他的女人，你很清楚他会生气地撇着嘴，或许还会怪罪你疑神疑鬼或是已经疯掉。如果你继续对质，他或许还会像那些被迫承认真相的男人惯常所做的那样，对你大喊："是的，我不爱你了！"一天，他拿来一个水瓮，里面盛满了爱情之水，他给它盖上了盖子。这是一个爱情之瓮，他却将它束之高阁。你像小女孩一样无辜地问道："为什么我仍然爱着他？为什么我的水瓮还没有盛满？所有那些爱情究竟去哪儿了？"这心底的声音，仿佛是被处以绞刑的人在央求喝到生命中的最后一滴水。那从遥远天际流淌出的话语，仿佛被天使悄悄抛入爱慕者的耳畔，让他反复说给心上人听。那只睁大的眼睛目光熠熠，不想错过心上人心中的一丝波动不安。爱慕者从早到晚不停地倾吐爱的蜜语，仿佛是小鸟在不知疲倦地哼唱。祈求神灵的帮助时，先知们的柔弱之美，让他们的面庞笼罩在一层神圣的光辉中。爱慕者彻夜不眠，仿佛在用海洋、山峦、沙漠、星辰、太阳、月亮，甚至动物的趾蹄，来守护整个宇宙，以防这宇宙在他刚刚睡着时就消失不见，将心上人和他一同带走。爱慕者始终在寻觅一只信鸽，要在它的脚上绑上几捆书信。这些书信在反复诉说同一个主旨，彼此却各不相同。不管怎么说，这是多么奇怪啊！那个显露出灵魂的透明身体几乎要飞起来了，然而它抗拒飞翔，以免自己的心上人遥不可及，于是，他因无法固守在原地而哭泣不止，因为他知道，他哭得越多，双眼越是湿润，心上人的模样便愈发清晰闪亮。爱慕者想要化作空气中的一粒尘埃，在心上人睡着时进入他的眼中，但前提是心上人不会受到伤害。可是现在，他已完全放弃了这份耐心、理智、梦想和与之类似的一切。爱慕者在同安拉说知心话，同时清晰地倾听安拉的声音。有时他的提问会冒犯到安拉："难道我们不是一个整体吗？你为何把我们分成两半？"然后，他戴着王冠，从炙热的爱恋中逃离出来，守在安拉的佑护下，仿佛爱慕者只有在恋爱时才会置身安拉的怀抱。他揭露了一切存在的奥秘，却对自己吐露秘密的行为缄口不语。爱慕者看到自己比花园中的玫瑰还要弱小，在心上人的美貌面前，自己更加丑陋不堪；他看到自己就像忙碌的蚁群中的一只小蚂蚁，普通得令人怜悯；他看到自己是一名并不顺服的奴隶，主人整日整夜都在祷告自己的美德，他则蹲坐在主人脚下，执行主人无比乏味的指令；他看到自己无论做了什么，心上人都熟视无睹；他看到自己是一名迷途者，在烈日的炙烤下藏匿起来，就像蚊子在扑扇着翅膀，在太阳的光芒中彷徨失措；他看到自己是被大风扬起的尘埃，飘往未知的方向；他看到自己是一条老迈的鱼，鱼鳃已经萎缩，鳃部的位置长出一对肺来，从此以后，他应该卧在低浅的死水中，把头伸出水面，以获取少量的空气；他看到自己是对异教徒发出的宣礼声，是在教堂以外敲响的钟声；他看到自己是没有死者的追悼会，或是没有新娘的婚礼，或是正在寻找佩戴者的珍稀宝石。或者他是数年前逃到岩洞中的礼拜者胸膛里呼出的最后一丝气息；或者他是坠落在大地上的唯一一颗流星，既没有人看见它，也没有人关注它，于是它转瞬变成了一块烂泥；或者他是疯癫的孤独女孩身体担负的妊娠；或者他是飞到最高处突然被击中的兀鹰，想要安稳地降落在地面，以便有气节地尊严死去；或者他是一场集体礼拜，却没有礼拜者的正向①、没有念诵的诗篇、没有清真寺、没有额头上带有黑色印记的礼拜者；或者他只是变回了最初的模样，确切地说，只是像曾经一样，对一切浑然无知。

你呀，正在打断爱情退却的节奏，或许你正在拯救自己，女士啊，你面前的选择已经所剩无几。就像渡过湖面一样，你知道它是一潭死水，你越是把右脚拔出泥潭，左脚就越是会陷入无休无止、顾影自怜的泥淖中。

你的母亲生性和善，人见人爱。事实上，她从不吝惜与你分享同男人恋爱的秘诀。她会讲一些故事，或给你一些忠告，或是让你直接看到她是如何同你父亲相处的。你还记得吗？有一天，你最小的姨母拉德娃崩溃地大哭着来到你们家。她的丈夫一直想要她生

---

① 克尔白的方向。——译者

个孩子，等了五年没有结果，后来把她休掉了。她和你一样，是个不能生育的女人，或者说你和她一样，天生就不孕不育。那天，你的母亲将她揽入怀中，拥抱了很久。母亲刚想放声大哭，但是看到你父亲愁苦的面容时，便突然止住了哭泣。母亲让你情绪崩溃的姨母挨着她坐在旁边的椅子上，然后向你父亲砸去一瞥怨恨的目光，仿佛他就是休掉你姨母的那个男人。接下来，她冲着你姨母大声说：

"拉德娃啊，你真幸运，我们的安拉会赐给你第二个男人，他将会替代第一个男人，这样你就会得到两个男人。妹妹啊，让第一个男人见鬼去吧。宝贝，你真幸运，别的女孩一辈子只跟一个男人生活，一辈子都没有改变。明天你将得到一个更好的男人。"

你父亲在房子里追着她跑，好像要打她一样。其实他从没打过她，只是吓唬她而已，似乎他知道你母亲很爱他，甚至到了崇拜的程度。似乎她也知道你父亲想要把她拥在怀里，而不是真的要打她。似乎他们两人对这个游戏暗中达成了共识，由此，家里增添了许多趣闻和谈资。最终抓住你的母亲时，父亲被她逗得和其他人一起大笑起来。这个追逐游戏通常会以母亲从里面反锁房门来收场，她不想听到你父亲的叫嚷：

"真的，你是个下贱的太太。"

这时，她会从房间里面用小女孩一样的声音回应他，就好像她不知道自己其实说了什么：

"安拉啊，我说什么了？"

你面前的道路依旧漫长，在已经跨越的几英里路途中，你经历过猜忌、爱恋、泪水和对你俩在一起时过往岁月的怀念，你还将梦境、现实和亲吻重新交织在一起，放在你永远无法触及的阴暗角落。有好多话，他都应该对你说出来啊！好多秘密，如果你们两人在床榻上倾诉出来，那么你们最初的甜蜜道路就会延长，结尾的道路也会缩短几英里。在应有的瞬间，你们没有彼此相拥，在男人的愁眉苦脸和女人的腼腆害羞中，你们最终还是没能相互赞美。家园本应开阔宽敞，花园本应从容生长。夏季本应拜访你们两人，为到访世界的炎热表示道歉；刺骨的冬雨让你们老迈的身躯彼此相拥取暖，于是，你们便更加宽恕严寒。

你就要离开了，切勿带走这个世界上使你负重之物，你要把一切都留给他。你离开时，怎么会需要带走那些让你戴上手铐脚镣、把你束缚在原地的东西呢？你要带走的每一克负重，都等于在你无尽的损失以外又增添了一份新的损失。你在手稿中已经写下了很多很多：有关床铺的瞬间；夜晚孤独墙壁的低语；夏日列队行进的蚂蚁大军的对话；午间的太阳交替映照在家具和床单上的光影；地板因你沉重的步伐和频繁走动而感到的疼痛；晡时①绿薄荷茶的馨香；厌烦了在清晨对你微笑的镜子；你在孤独中升腾的怒火——如锅炉的烈焰般燃烧，又在孤独中熄灭；愚蠢的电话铃声；银色边框电视机里女播音员的笑声和中立的微笑——她在播报上埃及边境骇人听闻的大屠杀

---

① 下午3点到5点。——译者

的新闻；你埋葬在字里行间的丝丝低语；你在漆黑的夜晚小心翼翼收集的梦境——你将它们永远幽禁在你的文字中。你曾经高声嘲笑很多事情，现在却惊讶地发现，它们也在嘲笑你。你还剩下什么东西没有带走吗？你将带走曾经属于你的一切：那颗与生俱来的破碎的心；那份与生俱来的羞涩——每当你从远处望见全新的开始，它总是让你的脚步磕磕绊绊；你那双能够供养半个部落的手，它们擅长洗涤、整理他们的衣服和打扫他们的房屋；你那双擅长涌出泪水的眼睛，它们会因为已经离去和必将离去的人们而流泪哭泣；你的生物钟，它在你酣睡时把你叫醒，偷偷告诉你一些预言。起初，你很难破译这些预言的密码，然而它们都与旋风、战争和一些不可能发生的离别场景有关。你不知道这旋风会席卷哪个国家，也不知道谁会从那些战争中凯旋，何况你从不承认战争有过胜利。你将带走曾经属于你的一切：未曾生育的子宫；左边眉毛上方的伤疤，这是你小时候从家里的楼梯上不小心摔下来之后留下的，当时，你是为了逃离父亲的追打；还有你的耳朵和在你耳中嗡嗡作响的几吨的话语；还有你的双脚，它们承载的记忆仅限于几条街道、几条马路和几个广场，你能在两分钟内重复说出这些地点；寥寥的记忆，你能够带着它们周游世界各地，不会因为这些记忆过于轻巧而加重你的负担；不再浓密的秀发，它们仍能遮住你头颅上被伤害的痕迹，他们曾经从你身上越过，而且不相信你能够从他们的脚下站起，重新展翅飞翔；只擅长抓握自己灵魂的指甲；

红色玫瑰，自你出生直到被埋入土，它一直是敞开的伤口；最后，还有你的香味，你知道它很特别，对部族中的男性来说，它十分诱人，但是你要当心，如果你再一次被迷得神魂颠倒，你将永远重蹈覆辙。

你应该走完绵延几英里的痛苦道路。如果你想走捷径，女士啊，那就勇敢些，带着所有爱意，自己盖上那个已经盛满的小水瓮吧。你要怀着怜悯之心将它束之高阁，然后，你要化身为一个光辉的透明幻影。在未来他必将思念你的时刻，每当他想抓住这个幻影，你便会从他面前溜走，然后追随他的道路，一直走向永恒光明的尽头。

* * *

它比丑陋本身还要丑陋。它驼着背，有厚厚的外皮和短粗的脖颈，尾巴很短，粗糙的长鬃毛从脖子一直覆盖到尾巴。因为后腿比前腿短，所以它走起路来一瘸一拐。它酷爱腐尸散发出的恶臭的气味。它的牙齿能磨碎骨头，因此，它的猎物不会留下任何痕迹。

第七章

　　我知道这是我最后一次亲近她，她也知晓这一点。我解开她的大发夹，她的头发如瀑布一般倾泻到我的胳膊上。我盯着她的眼睛看了很久。我曾经深信她的一切都归我所有，现在却突然感到无比困惑。她圆润的双肩在我的手掌下融化。在与她共同生活的日子里，我第一次用尽全力撕碎了她身上穿的所有衣服，装饰着玫红色吊带睡裙的丝绸小蝴蝶结纷纷散落下来。她被这次前所未有的体验惊到了，我却感觉心中掠过一阵平静。我拉紧她的头发，用力啃咬她的双唇，睁大双眼吞噬她的呻吟，此前，我从没听过她呻吟得如此剧烈。然后我停下来，仔细观察、亲吻她赤裸身体的每一个部位，想要把它们大口吞掉，再把它们逐一放回原处。她身体的一切都已为我打开，我真想试着从她身体的各处进入，或许我还可以隐藏在她的体内，这样一来，我休息时她也在休息。她的手在有节奏地击打床面，猛烈的嘶喊声在冲击着我。我发现自己若不是突然专断地停下来，那么我其实可以这样永远持续下去。我在专注地思索一个问题的答案：这个诱人的生物究竟是由什么制成的？我一边深呼吸，一边重新排列她的器官，而没有留意她的呻吟正在房间的各个角落不停地回响。她一直在剧烈颤抖，指甲紧紧抓住我的脊背，与此同时，她像幼童口中的棉花糖一般在我的身下融化。几个小时过后，我像从残酷战役中凯旋归来的战士一样躺在她身旁，很想对她坦承我此前从未享受过这种欢愉，坦承我终于实现了梦寐以求的愿望，然而我感觉她很快就睡着了，头依然枕在我的胸膛上。我深信自己以前从未和这个女人睡过觉，我也深信她是知晓这一点的。

早上八点钟，我穿好衣服，看着她被撕碎的、随意扔在地板上的睡衣，无法相信昨晚发生的一切。我感到不可思议：我的印记将在她身体上留存到何种程度？我给她造成的皮下淤青仍然显出黑红色，她双唇的上方、下面和酒窝的位置，还能看到我的牙印。我真想一直躺在她身旁，直到永远，我真想对她坦承我似乎爱上了她，然而，我应该赶紧到笔记本电脑上观察她的反应。

她平静的脸庞面无表情。她在听着持续的电话铃响，诧异地看向座机，看上去就像被独自留在陌生人家中的访客，不知自己是否有权利接听这阵急促的电话。她将几绺头发从潮湿的额头前拨开，预感到这长长的电话铃声意味着电话另一端是她在伦敦的女朋友伊曼。她一边缓缓拿起话筒，一边重新把热敷布放在鼻子上，那是昨天夜里被我用力啃咬的地方。她在回答对方的提问，似乎这个问题在一段时期以前就被提出过，只是我的摄像头没有记录下来，或是我自己当时没有留意：

"一切都结束了，他昨天大概已经和她订婚了。"

我几乎要疯了，她是从哪里知道的这个消息？难道是我母亲出于幸灾乐祸的心态告诉她的吗？或者是我娶的这个女人萨米娅告诉她的？那么，她是从哪里得来她的电话的呢？我的手机上甚至都没有保存那个号码,而且,即便她拿到了娜莉敏的号码,我不是已经当着她的家人和我的家人的面提醒过她,不要在下周四之前告诉任何人,娜莉敏就要成为离婚妇女了吗?

她没有让我的问题在脑海中盘桓太久,接下来是一阵长长的沉默,她一定是在听伊曼提出与我类似的疑问,然后她像从深井中用力汲水一般,压低声音说:

"不,他没有当面和我说,没有人告诉过我,但是我很确定。"

她听伊曼讲了很久,我自己猜测伊曼正在痛骂我,痛骂同我一样的所有男性。当我看到她苦笑着把热敷布从鼻子上移动到被我咬伤的嘴巴上时,我都快要得脑血栓了。那种笑容同被汽车碾压过却幸免于死的行人如出一辙,随后这个行人开始贴心地安慰身边的人说,他还活着,并会死里逃生:

"你知道他会穿着哪件衣服去结婚吗?他穿的是你回埃及之后他第一次见你时,你从伦敦带回来送给他作礼物的那件西装。你想想看,就是那套深蓝色的西装。"

她又沉默起来,或许是在听那些可能会让我和我家人折寿的杀人不眨眼的咒骂。她一边听,一边把热敷布移到了鼻子上。我已经凌乱了,这些水滴是她流出的眼泪,还是从她的热敷布上滴下来的水?她突然尖叫起来,这声音打断了她唯一好友的话:

"我很好,真的很好,你相信我吧。"

随后,她的眼睛开始在天花板上游移,仿佛她在看着我无法看见的东西:

"伊米,你听我说,好了,把你这愚蠢的电话放下吧,我近期就会去看你,不要再打这个电话联系我了……"

"不，不要打我的手机，晚上我会安装一部新的电话，很快就用新的号码联系你。如果收到陌生号码来电，你要记得接听。"

我几乎无法承受这样的做法。她在离开后会摆脱我能找到她的唯一的联系方式，她会把存有我的名字和我所有家庭成员电话的旧手机扔到最近的垃圾堆里。这一次，她沉默了很久，随后用纸巾擦干那些水滴或是眼泪，继续把热敷布移到另一处皮下淤青的地方，然后压低了声音说话，那声音几乎要切碎我的心，就像屠夫用大刀切下可怜的肉片那样：

"不，不需要，我这里没什么需要的。"

她的声音终于颤抖起来，声泪俱下地说：

"伊米，你知道吗？二十年来，我从没打碎过一个盘子。"

她继续换着热敷布的位置，说话时试图让自己的声音显得不那样支离破碎：

"我曾经给他发过一份 word 文档，令人惊讶的是，他很欣赏里面的文字。我很久以前就知道，他从没赞赏过任何东西。"

这一次她倾听了更久，随后友善地呵责伊曼说：

"哎，我们今晚再继续说吧，宝贝儿，我要挂断电话了，走之前，我还有好多事要做呢。"

"拜拜，伊米，你当然会是我今晚第一个联系的人。"

我的女人认识已久的这个从没赞赏过任何东西的男人是谁呢？不可能是伊曼的英国丈夫，他的脸像猴屁股一样，他不会读阿拉伯语，也说不好埃及方言，他的发音会让小孩子都觉得好笑。她一定是在谈论她的手稿，那么，她是何时又如何将它投递出去的呢？更要命的是，我几乎要被一个问题折磨死了：她是怎么连接到网络的？我突然想到她在那可恶手稿中写到的一句话：姑娘啊，女人有她独有的道路，那条路除了她和魔鬼，谁也没有踩踏过。

  我注意到，她在整个对话当中，完全没有提过我的名字。我再也听不到她亲口说出我的名字了吗？我是多么怀念她念出我名字啊！所有人都和我一样注意到，她发明出一个新的字母，除她以外的任何人类都发不出这个读音，它的发音介于字母 G 和字母 K 之间，那是一个隐秘含蓄的字母，或者说它是由那两个字母糅合而成的。只有当她读出我的名字时，我才喜欢这个称呼啊！她放下听筒，抬起双眼，直接通过摄像头看着我，然后平静地走向卧室。不知为何，我感觉她就像是一具缓慢移动的机械的僵尸，仿佛身体里携带了一枚随时准备会燃爆的炸弹。在某一个瞬间，我以为她放下听筒后会立刻大哭起来，然而她把热敷布放在柜子上的小碟里，一股脑儿打开衣柜的所有柜门，然后嫌恶地使劲关上装着我的衣服的硕大衣柜。以前我从未注意过，我的东西在衣柜中竟然占据了如此大的空间，她的衣物，只有为数不多的几件外出服。她开始平静地打量那些悬挂着的带有闪亮刺绣的五颜六色的罩袍。这些罩袍远远看去，就像被处以绞刑的女人。她精准而从容地关上这个硕大衣柜的门，脸上仍然浮现着鄙夷的神色。她拖出一个极小的行李箱，我都不知道这个行李箱是她从哪里弄来的，那里面只有一个陈旧的塑料手提包。她把行李箱腾空后放在了床上。突然，她好像看见了那件被撕坏的玫红色睡衣，面无表情地将散落在卧室地板上的红色蝴蝶结收集起来，然后用指尖将睡衣拖进厨房，仿佛拖的是一只死老鼠。她离开之后，我会在垃圾箱中发现这件睡衣，当然，我无法如愿地将它保留下来，因为我会在其他女人到来前消除她留下的所有痕迹。她再次回到卧室，扯出她的米拉叶①、枕套还有一些个人物品。过了一小会儿，我听到了洗衣机的声音。她离开以后，我将在凌晨两点钟，从她没有带走任何物品的衣柜中取出面纱和罩袍，穿戴在身上，在寒冬十二月里，平生第一次去晾晒洗好的衣服。她缓缓打开抽屉，把她所有的内衣和一件睡衣放进小行李箱，然后把她所有的睡衣和丝绸家居服都堆在床垫上，直到堆成一座大金字塔。她盯着它们看了一会，仿佛在努力寻找解决方案。很快，她抓起手机，说话的声音似乎是在表示欢迎，却又很僵硬：

"半小时之后我会在这里等你，请别迟到了。"

然后她跑进厨房，在拉齐娅从沙特带回来的那些装礼物的五颜六色的大行李袋中，拿出两个薄薄的皮质行李袋，把这座金字塔全部放了进去……她放进去的是我们在一起的所有夜晚，那里有我的手指触碰的所有印记，有她的味道和我的气味，有她的细语和我的低吟。我强烈地感觉到自己的一部分灵魂已经并且将永远消失在这两个行李袋里。我像是在观看埃及电影，几乎要再次哭出来，可我并不是电影中的英雄。经过几番尝试，她摘下了摆在小柜上的我们的合影，然后像是想到了什么，突然站起身，从书房抱回重重的一摞相册，那里面是我俩共同生活的岁月的记录。她只用半小时就把我俩同框的所有照片拣了出来，只给我留下了我自己的单人照，也就是我在报社或是去世界各国首都旅行的照片，或是和她结婚前与我的家人在一起时拍摄的照片。她看上去不像是凝视我们在一起的幸福时光，而是在全神贯注挑拣她的所有照片，不想留下自己的一丝痕迹。她又堆出了另一座小金字塔，床几乎要容纳不下了。现在摆放在床垫上的是我俩的合影，那是我们共度的二十

---

① 东方妇女的长袍。——译者

多年的回忆，这些欢乐时光填满了整整两本相册。我心想，她真的不会给我留下我和她的合影，哪怕只有一张？在我要娶的那个女人和她母亲拜访我母亲家之前，我不得不撕掉了那张占据母亲家客厅半面墙壁的我们的大幅结婚照。母亲舔着嘴唇，看着我打碎带有金框的相框玻璃。我小心翼翼，以免玻璃碎片散落得到处都是。我把结婚照取出来，没有凝神细看，就把它撕成了小碎片。然后，我像往常一样，把清扫房间和整理物品的任务留给了母亲和两个姐姐。

　　她打开阳台的门，怔怔地拔掉了花盆里的那棵埃及菜豆——平日里，如果它的叶子泛黄，就会没精打采——然后把装有泥土的大花盆搬进卧室。她把我们的照片堆到花盆里，点上火，看着它们燃烧起来，然后又加进新的照片。傍晚，我会发现埃及菜豆像僵尸一样被随意扔在阳台冰冷的瓷砖上，旁边还躺着它的大花盆，里面是烧焦的残余灰烬和泥土，这时我会发现，我在我的女人心中已经死去了。她把那些用来装点梳妆台的空香水瓶收集在一起，然后打开梳妆台的各个抽屉，从里面取出一堆香水、面霜和只是为取悦我才会去使用的化妆品，把它们塞在睡衣中间，放进两个行李箱。她继续看着那些抽屉，似乎是在确认里面已经空空如也，没有任何东西。她打开衣柜的抽屉，那里面摆放着我的衬衫、床单和毛巾，看到里面所有东西都摆放得整整齐齐，她放心地关上抽屉，然后又多次打开关上每个抽屉，就这样反反复复，之后才坐在床垫上。她和我同时听到了一阵门铃响，于是站起身，戴上面纱，穿上挂在衣帽架上的罩袍。这件罩袍或许是我现在可以看到的带有她的气味的唯一的物品了。她的两只手各提着一件行李箱，让门半开着，用甜美的声音喊着欢迎，试图表现出很欣喜的样子：

"亲爱的，你好吗？你的女儿们怎么样？我想请你把一些东西带给她们，随后我再联系你，看看她们是不是喜欢。稍后我会告诉你我们怎么见面。很抱歉，我现在太忙了。"

这位老妇人的大嗓门比娜莉敏的音调还高，这一刻，我只是担心她的话会被邻居们听见：

"安拉啊，我祝他倒霉，你是最好的女人，别把这件事放在心上。"

"太太，快别这样说，我晚上再和你聊。"

她关上门，脱下罩袍和面纱，又穿上了百慕大短裤和棉质T恤。这件T恤已经变了色，因为我不在家的时候，她几乎只穿这件T恤。她从打开的一小条门缝中伸出手，大声喊道："请等一下，把这些也拿去吧，这是给你的"。

我几乎要尖叫起来。这女人是谁啊？我为什么没有在门外也安装一个摄像头？究竟是哪个看门人或是机械工将会享有她的丝绸睡衣，甚至会一并享有我妻子的气味？当然，我无法在一个小时之内回到家去阻止这场闹剧，可是我真的想要阻止它吗？我从未想到她的反应会如此平静，也从未想象过当我把她从生活中抛弃时，她会离开得不留一丝痕迹。

现在，她开始在整个房子里漫无目的地踱步，仿佛她是在某座花园中游荡。她像被采摘下来放在门旁花瓶里的郁金香一般生长，我观察到，花朵在悲伤中变得更加繁茂。我将目光移向她正在不断绽放的白色茂盛花朵，想起我曾读过的某个植物学家对这一奇怪现象进行的分析。我记得他说过："这些花不像动物或人类那样拥有大脑和神经系统，因此简单来说，它并不知道自己已从土地上被采摘下来。离开土壤后，它对养分的汲取，主要是通过吸收花瓶中的水，从茎秆中的糖分获取营养。"

我看到这个有魅惑酒窝的女人，双眼被蒙上了一层罕见的黑色的忧伤。她的目光不再盯着某件物品，而是仿佛在逃离什么，原本赤褐色的面庞因为惶惑而变得更加红润，就像一个十八岁的小姑娘。我开始疯狂爱上她了吗？我爱她吗？抑或自认识她起，我就在一刻不停地爱恋着她？

她的目光游走在房间的各个角落和墙壁上，她在看似漫无目的地以单调的节奏反复开关床头柜的柜门。两小时前，她就从里面拿出了她的那份离婚协议书，没有去看它一眼，就随意把它丢进放在床垫上的小行李箱里。我在等待她那双美丽、惶惑又充满沉思的眼睛开始哭泣……我想象着她真的哭了，或是过一会儿就会哭起来，然而我发现自己才是那个号啕大哭了很久的人，这一辈子，我从来没有哭成过这样。

她缓缓站起身。在我们共同生活的日子里，她第一次过了五点钟还没有走进厨房为我准备食物。她会不为我准备最后一顿午餐就离我而去吗？整个白天，除了喝了几口水以外，我没看见她吃一点儿东西，她是想留给我一个干净整洁、完全没有她的烹饪痕迹的厨房吗？

毫无疑问，这是一种被判了死刑的感觉。当他像一张潮湿的红树叶般被刽子手们拖到绞刑场时，刽子手力争让这片树叶像男人一样，能够用双脚站立起来。我勉强拖着脚步爬上家中的楼梯，我要成为她的电影里真正的英雄，我要成为那个宣告终结的人，我要一言不发地看着她离开，保持我的威严。可我差点就像被夺走心爱玩具的小男孩一样哭起来。我没有监视她正在做什么，也没有思考当她完全并且永远离开后，我在未来的几年里将要做什么。现在，当我移步变换位置时，几乎要因为满腔恼怒气死了，这是因为她从我的屏幕和生活中消失了吗？在我家门前，我注意到自己应该去按门铃。她不再是我的女人，也不再是我的合法妻子，我已经大约一个小时没有看见她穿的是什么或者正坐在哪里了。

这一次，她把门彻底敞开。她身穿宽腿牛仔长裤、蓝色衬衫和一件黑色夹克衫，我不知道这件夹克衫是从哪儿来的，或许它之前就放在那个旧的塑料手提包里。她把头发编成不规则的团形，用一个大发夹在高处固定下来，几绺头发悲伤地散落在前额上。我的女人会像这样不戴面纱出门吗？小手提箱放在门口，她已经完全做好了离开的准备，她似乎已经决定在整整四十分钟的时间里要一直待在客厅，而我则在以秒为单位数着时间。她说话时很平静，声音尽力显得一本正经，不流露出一点悲伤：

"好了，一切都在自己的位置上了。"

我不明白她从哪里来的自信，说出"一切都在自己的位置上"这样的话。我完全没有注意听她说的话，很多时候我都不明白女人们在说什么，有时两个姐姐或是我母亲的语句在我耳边飘过，可我却找不到要回应的话，这不是因为我不重视她们说话的内容，而是因为我事实上并没有听懂，于是我立即越过这些语句，去回答听得懂的另一件事。我一边思考，一边一言不发地走进卧室，把她丢在原处，几乎就在门后的位置。女人们能够明白我的心思吗？比如我现在不知为何正试图尽可能地多挽留她一会儿，或许我在奢望她呼唤我，哪怕是愤怒的呼唤，好让我最后一次从她口中听到她说出我的名字。

我在厨房、卧室和客房里来回踱走，这间客房原本是给我们的孩子准备的。我注意到，她或许以为我在清点财产，好对它们放心。当我看到梳妆台上放着刻有我的名字的婚戒时，仿佛被打了一记耳光。此外，那里还有我买给她或是拉齐娅作为礼物从海湾国家带回来的所有金戒指、金项链和金耳环，明天我要把它们拿给我的母亲。但是我现在几乎要尖叫起来，这个疯女人是要把她的金饰留给谁？留给我要娶的那个市井女人吗？她在永远切断我同她联络的所有理由，向我关闭所有的大门。她是不是想让我的余生在对她的愧疚中度过？我要如何向我的女人说明，我想多挽留她一会儿，哪怕只有短短几秒钟？她将如何理解我此刻在屋子里地四处游走？

我像一台发动机一样转遍了家中的所有角落，手中一直拿着装有她手稿的信封。我已经用红笔更正了里面的错误，仿佛我要把它发表在安达卢西亚报上似的。我终于站在她面前，双脚几乎无法支撑身体的重量，眼睛一眨不眨地盯着她的脸看了很久。我像过去一样，也如未来整个余生中那般，就这样看着她的脸。这是一张带有鲜明的埃及人特征的美丽面庞，不施粉黛，一头吉卜赛人的迷人秀发被扎了起来，还有几绺散落下来。她的柔软的身段只会激起你对这身体主人的尊重。这时，她那双大眼睛里流露出忧伤的神色，吃力且羞涩地将目光从你身上移开，然后走远了。就这样，十天之后，我将在电视屏幕上的某期节目中看到她。那时，我的女人已经像这样没有佩戴面纱，永远走出了我的生活。这些日子里，我将像大多数埃及民众一样，整日坐在沙发上，思考数百万人走上街头和广场进行抗议的问题和结局。他们抗议的这个国家已经名存实亡了数十年。我在持续关注这个国家培育的最优秀青年一代被杀害的事件，我因自己不再是青年而哭泣。我无法像他们一样挺起胸膛面对炮火，我在思考自己的境况，思考自己都做了些什么……我本应是在和这个于我而言完全陌生的女人一起度蜜月,她在不停地询问我对她身上穿的睡衣的看法。她所有的睡衣都是紫色系,已经让我产生视觉疲劳。解放广场上发生的事件令我心烦意乱,我不停对她反复说:"正义军将把他们全部逮捕并投进监狱。穆巴拉克不会放弃政权,他将一直统治我们,直到他去世为止。"突然,我对这个被我供养在家的蠢女人大吼一声,让她不要说话,我迅速跳到电视机前,蹲坐在下面,凝视着占满了整个屏幕的娜莉敏的脸。在屏幕上,她和从我家离开时一样,穿的是同一件衣服。她的头发从大发夹下面如同自我解放一般散落下来,我猜,那个发夹或许掉在了解放广场的地面上,我还猜测,她在过去的几个夜晚一直是在解放广场上过夜的,她的身旁就是短短几个月之后将娶她为妻的那个男人,我一生都会憎恨他。他就站在她身后的位置,举起一只手作出胜利的手势,另一只手搂着她。她把嘴巴张到最大——我从没见过她这般模样——高呼着一个词:和平主义。

我会一直不眠不休地观看电视节目,或许我会再次看见她。终于,我在二月一日下定决心:我要去解放广场。我完全相信,我所认识的埃及将因"和平主义"这个词而改变。正在席卷全国的,是一场真正的革命,我或许会在嘶吼的人群中与我的女人偶遇……我的女人谈论的只会是客观现实。

我伸出手,把手稿递给她。我几乎找到了答案,和她一起的岁月里,我一直为此彻夜难眠:

"是的,因为你一直在昼夜不停地监视我。"

她展开那些纸张。当她发现那是自己的手稿时,并没有很惊讶,只是微微扬起了眉毛。她好像突然变成了一个陌生人,我读不懂她。她向门口看去,我这才发现大门一直是敞开的。

她把信封放进小行李箱中,把它锁好,而我还没有找到理由来挽留她。她高声说出几个含混的字母,你会发现,在谢幕前,还有从我的生活中永远消失之前,可爱的女主人公说出这句话,真是再合适不过了:

"哎……谢谢你。"

2012 年　开罗

后 记

《鬣狗之旅》创作于 2012 年，是苏海尔·穆萨德法博士具有代表性的一部魔幻现实主义小说，也是其叙事计划的第三部小说，其中第一部小说《魔王的游戏》于 2003 年出版，荣获由作家协会颁发的 2005 年最佳小说奖。

《鬣狗之旅》于 2013 年在阿拉伯国家出版以后，曾掀起一阵热潮，有不少相关的新闻报道和书评问世。笔者从中选取一篇书评译成汉语，作为序言，以期协助读者更深入理解这部小说。

在本书翻译期间，特别感谢恩师北京外国语大学薛庆国教授的一路鼓励，从百忙中抽出大量时间和精力倾心指导和细致核改，也感谢其他各位老师不吝赐教，更感谢五洲传播出版社的诸位编辑老师们的辛苦付出才得以让这部译作与读者见面。

笔者在翻译过程中，一直致力于在自身能力所及范围内，将这项译事做得尽善尽美。因此，笔者始终本着精益求精的态度，努力吃透原文。尽管如此，由于笔者才疏学浅，最终翻译效果恐怕距"堪称完美"仍有不小距离，诚望各位前辈、同仁和读者不吝批评指正。

最后，希望这部译作没有辜负作家的心血和读者的宝贵阅读时间，并希望它能为读者打开一扇了解当代阿拉伯世界文学、生活及精神世界的大门，在令读者增长知识的同时，也可以感受到美的启迪和阅读的乐趣。

杨凤同

2020 年 8 月